我走过
最长的路是
你的套路

路小佳 /著

文匯出版社

图书在版编目（CIP）数据

我走过最长的路是你的套路 / 路小佳著 . -- 上海：
文汇出版社，2017.9
ISBN 978-7-5496-2157-6

Ⅰ . ①我… Ⅱ . ①路… Ⅲ . ①散文集－中国－当代
Ⅳ . ① I267

中国版本图书馆 CIP 数据核字（2017）第 131228 号

我走过最长的路是你的套路

出 版 人 / 桂国强
作 者 / 路小佳
责任编辑 / 乐渭琦
封面装帧 / 姚姚设计工作室

出版发行 / 文匯出版社
上海市威海路 755 号
（邮政编码 200041）
经 销 / 全国新华书店
印刷装订 / 三河市京兰印务有限公司
版 次 / 2017 年 9 月第 1 版
印 次 / 2019 年 1 月第 2 次印刷
开 本 / 889×1194 1/32
字 数 / 153 千字
印 张 / 7.5

ISBN 978-7-5496-2157-6
定 价：38.60 元

目 录

少年恶

1

某个夏天的夜晚，我从上海回成都，给柴郡猫打电话："喂，出来约串吧！"

柴郡猫立马跳起来说："好好好！哎，我跟你说，你知不知道城西那边有家'朱弟烧烤'？超级好吃！"

我说："别啰唆，现在马上出门打车！二十分钟后到。"

二十分钟后，我俩满脸油汗地坐在"朱弟烧烤"的门口，桌子上摆着一只不锈钢盘，盛着各种排骨、鸡翅、五花肉，吱吱作响，还沾满了火热的辣椒面。

我们一手拿串儿，一手提啤酒瓶儿，一边啃串一边聊八卦。毕业后好几年没见，彼此都有好多的话要说。从开眼角失败却依然顺利嫁入豪门的空姐班花，到曾经四处留情如今每天没日没夜给孩子洗尿布冲奶粉的奶爸班草，再到一年四季只穿裙子重男轻女区别对待的变态班主任。啤酒一瓶一瓶地见底，我们说得眼眶发热手舞足蹈。

讲到最近那个让老公喜当爹的高中小太妹时，我正准备举起瓶子再跟柴郡猫走一个，却听到了酒瓶落地的清脆响声，冰镇啤酒冒着泡泡扑了我一脚。我刚要责怪她弄脏了我的新鞋子，抬眼一看，自己手里的酒瓶子也掉到了地上。

不知道过了多久，我俩终于回过神来，面面相觑："刚才那个女生，是叉叉吗？"

柴郡猫点头："是的吧。"

我说："看起来她好像过得还不错？"

柴郡猫说："也许。"

我说："以前班上的同学，就没有人和她保持联系的？"

柴郡猫说："大概。"

我说："你能不能给个确定的答案？"

柴郡猫说："可以，我能告诉你的只是，从毕业以后，我和我圈子里的朋友就再也没有见过叉叉这个人了。"

我口干舌燥，想要说点什么，又不知道该怎么开头。最后，我咽了口唾沫，挥手叫来服务员："再来两瓶啤酒。"

2

叉叉是我和柴郡猫的初中同学，个子不高，眼睛大大，成绩挺好的。

大家好像都不太喜欢她，因为她在第一堂课上，当着全班同学的面，分享了她要进入麻省理工学院读书的雄心壮志。

彼时同学们刚进学校，彼此都不是很熟悉。班主任让我们说说自己的理想，我们也就跟打哈哈一样。有想画漫画的，有想做煮饭娘的，有想唱歌当明星的，偏偏这个叉叉，一个麻省理工说出来，震惊全场。

班主任点点头，用欣赏的目光看着这个小姑娘，动情地说："还是叉叉的目标最实际了，哪像你们，说的都是什么乱七八糟的。来，大家一起给叉叉鼓掌！"

稀稀拉拉的掌声响起，除叉叉外的所有人都在交头接耳。我知道，他们翕动的嘴唇吐出的是两个字：装逼。

叉叉站在自己的位子上，有些尴尬。一旁的班草带着戏谑的笑容，等到班主任发话让她坐下时，迅速地抽走了她的凳子。

然后叉叉就一屁股坐到了地板上，发出惊天动地的响声。

叉叉委屈地看着班草，不说话。班草阴阳怪气地说："哎哟，不错哦！"

全班哄堂大笑。

重男轻女的班主任很是宠爱要颜值有颜值要成绩有成绩的班草。她没有批评他，只是轻描淡写地说了句："不准笑，现在还在上课呢。"就轻巧地转过身去，开始在黑板上用粉笔写下"在山的那边"几个大字。

叉叉呢，含着眼泪，咬着嘴，用力地从地上拖起倒掉的凳子，跟班草说："你下次能不能别这样。"

3

班草是何等人物？叉叉说的话，他听得进去才怪呢。

软弱好欺负的叉叉成了他捉弄的对象。故意不给她发卷子，故意忘记收她的作业本，故意往她凳子上抹胶水……一切没品的事情都做过。

叉叉从来都不会粗声大气地指责班草，每一次，都默默地自己交作业，用小刀刮掉胶水印。不声不响、闷头学习就是生活的全部。

偶尔，班草也会对叉叉稍微好一点。比如带来的零食，给叉叉分两块。叉叉不会做的数学题，帮叉叉分析分析。在班草这样时晴时雨的态度下，叉叉培养出了类似于斯德哥尔摩综合征般的心态。她偷偷地喜欢上了班草，并且觉得自己就是和班草最般配的女生。

叉叉对班草态度的变化，班草不是不知道。他不傻，他明白叉叉对自己的心意。但是像他这样高高在上的人物，怎么可能垂怜这个在老师面前装逼在同学面前怂逼的小透明呢？他能做的，是更加变本加厉地整蛊叉叉。

某天上完体育课，大伙儿疯玩了四十分钟统统一身臭汗。班草也不例外。

他去小卖部买了两听可乐，摆了一听在叉叉的桌子上。

叉叉从洗手间洗完脸回来，看到桌面的可乐，又惊又喜："这是给我买的吗？"

班草点点头:"我连拉环都帮你拉开了,来,我们一起喝。"

叉叉脸颊泛起红晕:"谢谢,我……我很开心。"

班草送的可乐,叉叉一小口一小口地喝。她告诉我们,说那一瞬间感觉自己真的很幸福。

直到班草爆发出刺耳的笑声:"哈哈哈哈,叉叉你真蠢。"

叉叉不解地看着眼前这个帅气的男生,小心翼翼地问:"怎么了?"

班草一手指着叉叉,一手揉着肚皮:"大家快看,这女的太好骗了。我给她的可乐里,放了橡皮末儿!"

周围又是一阵窃笑,叉叉涨红着脸,半个字也说不出来。

我望着班草那张帅气的扭曲的脸,突然觉得有点恶心。

4

可乐事件过后,叉叉彻底地不再理会班草了。

她喜欢上了另一个人,一个和班草全然不同的类型。

校霸阿涛,满脸横肉,走起路来一摇一摆,那个架势就像是古惑仔里的浩南哥。

阿涛以前从来没有尝试过跟好学生交往,叉叉是第一个。

叉叉给他带来的新鲜感,让他对叉叉倍加呵护无微不至。

叉叉想吃什么,阿涛马上让手下小弟翻墙出去给她买。叉叉来例假弄脏了裤子,阿涛立刻解开外套温柔地围在叉叉腰间。有人欺负叉叉,阿涛分分钟就找到那个人,把他按在墙角痛揍一顿。久而久之,再也没有人敢捉弄叉叉了。

包括班草。

从来没有体验过这种宠爱的叉叉感动得无以复加。她主动向班主任申请，把座位从第一排调换到最后一排，只为了坐到阿涛的身旁。

最后一排全是乌泱泱的小混混，课桌里藏着水果刀，裤兜里揣着K粉，书包里放着双节棍。叉叉不在乎，甚至还乐意跟着阿涛和那帮兄弟们四下里张牙舞爪，找低年级的收保护费，和高年级的混混抢地盘，每天趾高气扬不亦乐乎。

她太喜欢这种扬眉吐气的感觉了，哪怕成绩单上自己的分数正在噌噌噌往下掉，也不管不顾。跟着阿涛，什么都不用怕。没有人给她白眼，没有人欺负她，阿涛在她眼里就像是天神一样，保护她照顾她。她沉浸在这种感觉里无法自拔。

她逃课，逃补习班，不写作业，缺考。所有她从前绝对不会做的事情，现在已经做完了。

某次，班主任在操场上抓到正在和阿涛吞云吐雾抽烟的叉叉，痛心疾首："叉叉啊，你可是我最欣赏的女生了。现在怎么变成这样？麻省理工你还要不要上？"

叉叉倔强地扭过头去："不上了。"

班主任摇摇头："无可救药！"

等到班主任一走开，叉叉满不在乎地冲着阿涛笑："真烦人。下次我们换个地方抽烟吧。"

阿涛冷冷地看着眼前这个打着耳洞染着头发画着眼线和别的小太妹别无二致的叉叉，说："叉叉，我也奇怪，你怎么变成这样了？"

5

当阿涛意识到最初靠着勤奋好学单纯可爱吸引到自己的叉叉，已经迅速堕落成了个爆粗抽烟喝酒打架样样拿得起放得下的小太妹时，对叉叉的态度就慢慢地产生了变化。

他开始去撩妹，和别的姑娘谈天说地，逗得一帮妹子笑得花枝乱颤。

叉叉找到阿涛，不服气地说："你怎么能这样？"

阿涛傲慢地说："你管不着。"

叉叉说："我是你女朋友我怎么管不着？"

阿涛说："因为你不如别的姑娘好看，不如别的姑娘开放。"

叉叉忍着泪，说："那是不是我变好看了变开放了，你就会一心一意对我好？"

阿涛嘴角弯起一个弧度，眯着眼说："我不知道，也许吧。"

于是，叉叉的衣领一天天地低了下去，叉叉眼角的妆一天天堆了上来。柴郡猫说："叉叉好漂亮，就是太性感了。"

我说："是啊，估计都是被阿涛影响的。"

柴郡猫说："哎，我怎么总觉得阿涛不是真心喜欢叉叉的呢？"

我说："阿涛和她在一起快一年了，应该不会吧？"

柴郡猫凑到我耳边，跟我说悄悄话："其实，其实我知道一个秘密……"

柴郡猫的哥哥是阿涛的发小，两个人经常在一块儿玩闹。

有一天，猫哥应邀到阿涛家去，一进门，就发现已经围了一大圈人了。

全是男生。只有一个女生，穿着暴露性感的吊带裙，嘴唇上涂了鲜艳欲滴的口红，眼神里都是诱惑。

那个女生就是叉叉。

男生们把叉叉围在中间，又吵又闹。也许是喝多了酒，在酒精的刺激下，一个男生向前一步，把叉叉压到了身体下。

叉叉没有喊，没有叫。阿涛也喝大了，他不呵斥这个男生，也没有把叉叉拉起来。

他捏着酒瓶，说："大家不要客气，随便来。"

乌泱泱的人群爆发出一阵欢呼，还有人吹着尖厉的口哨。

布料撕破的声音在猫哥耳边响起，还有叉叉的笑，他不知道，叉叉的笑里到底有没有苦涩。淫秽疯狂的气息弥漫了整个房间。

他没有办法继续待下去，也没有勇气去拉开那些男生，只是跌跌撞撞地打开门，冲了出去，然后趴在垃圾桶旁不停地呕吐。

我说："天啊。他们这样做也太过分了。"

柴郡猫一摊手，无奈地说："我们看着觉得过分，可是叉叉也是心甘情愿的啊。"

6

那件事过去后，班里迅速地传满了关于叉叉的流言。

叉叉走到哪里，哪里的女生就自动地让出一条道来。她没有办法交到任何真心的朋友。

时间一久，叉叉未免还是会感到孤单。她真的很想要一个朋友，只要一个就好。

那时候的我，属于比较不问世事的那一型。也许是觉得我不会拒绝，叉叉来找我，说："小佳，晚上放学可以一起回家吗？"

我愣愣地看着她那张精致的脸，点了点头。

晚自习下课后，我收拾好书包，慢吞吞地走出教室。叉叉已经推着自行车在门口等我了。

她冲我挥挥手，我站到她身边，两个人一起往学校外走。

一边走，一边绞尽脑汁地想话题。沉默地走了一段路，我终于问她："今天阿涛不陪你一起吗？"

叉叉："今天晚上他们去收货，你懂的。"

叉叉话里的"货"是什么，我们隐隐约约地都能猜到。不是丸，就是粉。我说："他不怕被抓到吗？"

叉叉说："他当然怕。所以他想叫我帮他带。"

我有点激动："阿涛怎么能这样？！太不像个男人了！"

叉叉妩媚地笑了："没关系，我知道的。我再没底线，这个也不会碰。"

我说："那就好。"

又走了一小截路，我突然看到她下巴上有一块伤痕，结了疤。

虽然上了遮瑕膏，却依然明显。我忍不住又问她："你下巴上的疤是怎么回事？"

叉叉说："他们给我咬的。"

我有些不忍："干吗让他们咬？他们咬你，你就跑呀！"

叉叉说："可是不让他们咬，阿涛或许就会离开我的。"

我说："你是阿涛的女朋友，又不是玩物。女朋友是不能和别人一起分享的！"

叉叉眯起眼睛，那个神气和霸道的阿涛一模一样："小佳，我们圈子里的事情，像你这样的好学生是不懂的。"

我生气："你以前成绩很好的，还说过要上麻省理工学院。现在混成这样，不觉得后悔吗？"

叉叉反问："有什么好后悔的？"

我说："那好吧，你不自爱，不后悔，那你继续！我也不需要你这样的朋友。"

我甩下她，一个人大踏步地走在前面。叉叉并没有骑上车追过来，她只是推着单车默默地走着，自行车轮压过地面发出吱吱嘎嘎的响声。我忍不住回过头看了她一眼，她的身影在清冷的月光下面显得那样桀骜，那样……孤独。

7

我再也没有主动找过叉叉说话。叉叉有时候还会找我，问我要不要和她一起回家，一起去逛街买东西，我都以各种借口推托掉了。

她发现了我态度的变化，渐渐地也不再来我的课桌旁发出邀请。渐渐地，她在班里的时间越来越少了。

冬去春来，又是一年过去。某次体育课，我跑步的时候岔了气。

跟老师请假，柴郡猫陪着我回教室歇歇。

走到教室门前，才发现所有的窗帘都被拉上了，门窗紧闭。从门里传来了阿涛嬉笑的声音："你倒是快一点儿啊，死三八。别让哥儿几个等得不耐烦！"

柴郡猫悄悄地把门推开一条缝，看到叉叉衣衫不整地坐在讲台上，讲台下围了一圈男生。

阿涛听到门这边的响动，朝我们走过来，不耐烦地说："你们快走开，没看到我们这里在表演脱衣舞吗？"

柴郡猫惊叫一声，掩上了门。

我说："要不要叫老师？"

柴郡猫说："不知道。"

柴郡猫还说："叉叉刚才好像哭了。"

这是叉叉第一次流眼泪。以前她被班草被阿涛欺负得再狠，也没有哭过。现在，她在教室的中央，在男生的包围下，流了眼泪。

我跺了跺脚，拉上柴郡猫，向班主任的办公室飞奔。

叉叉，你再坚持一下，希望我们还赶得及。

一定要坚持住啊。

8

叉叉退学了，没有人知道她去了哪里。

我问过柴郡猫，也让猫哥旁敲侧击地问过阿涛。阿涛搂着另一个听话乖巧的学生妹，抠抠眼角，说："叉叉去了哪，我怎么知道。"

那天，我们带着班主任来到教室，教室的门窗已经打开了，窗帘也都拉了起来，阳光照在地板上，可以看到空气里细小的尘埃在做布朗运动。

一个人也没有。叉叉不见了，阿涛不见了，那帮男生也不见了。

第二天，叉叉就不再来上课。我们只能从无数个人的中转中或多或少地听到关于她的消息或者说是谣言。

有人说："叉叉好像精神崩溃，去二院养病了。"

有人说："叉叉彻底堕落，在某家 KTV 做公主。"

有人说："亲戚在公安局做警察，上次抓了个贩毒的女孩子，年纪不大，听说就是叉叉。"

有人说："叉叉爸妈离婚，她跟着她爹去了另一个城市上学，还念的是实验班呢。"

我一直牵挂着她，一直打听着她。当我听到这些推测，我是多么希望，真实发生的情况是最后一种。

可是，我也知道，叉叉经历了这些事，最可能遇到的，是前面那几种吧。

叉叉成了我心里的一块痛，碰都碰不得。

我时常想，如果那时候，猫哥及时地冲进去阻止那帮男生对叉叉的施暴。如果那时候，我和柴郡猫把叉叉从讲台上解救出来。如果，再早一点，叉叉被班草欺负，班主任能够公平地给班草处分，我们能安慰一下她；再再早一点，叉叉勇敢地说出自己要考世界名校的梦想时，我们不要笑话她，不要捉弄她，这样的话，结局会不会不一样?

但往事过去了就只能是往事，再也没办法去提供任何假设了。

9

多年后成都的夏夜，天气闷热得像是蒸笼一样。

我和柴郡猫拎着酒瓶，坐在"朱弟烧烤"吃串喝夜啤酒聊八卦。

却看到一个少女的身影，袅袅婷婷地从身边走过。

那个女孩子，脸上画着精致的妆，剪着一头干净利落的短发，穿着一条白色绣荷花的旗袍，踩着一双镶钻高跟鞋。从我们身边经过的时候，还带着一股风。

风中送来了好闻的淡淡的香水味道。

那个女孩子，表情坚毅，挽着一个男孩子的胳膊。他身材高高大大，剑眉星目，看着女孩的眼神，满满的都是宠溺。

那个女孩子，就是叉叉。曾经鼓足勇气说自己一定要考上麻省理工学院的好学生，曾经被欺负被捉弄的小透明，曾经放纵自己夜夜笙歌的小太妹，最后变成了这个自信坚毅的美丽女人。可能，当年的那些流言，最可信的竟然是当时觉得最不可信的那一条。

可能，叉叉真的上了麻省理工学院呢?

我不知道，柴郡猫也不知道。

10

我想我会永远记得那些日子，埋在参考书和作业本中忙忙碌碌的日子。

我会永远记得叉叉充满朝气地说自己要考麻省理工学院时骄傲的神采，记得她被班草捉弄时的委屈，也记得她和阿涛爱过一场后眼睛里的淡漠。她让我对自己的青春有了不太一样的理解。

也许大部分人的青春都是暖暖热热的阳光，弥漫着栀子花开的淡雅芬芳。有弹吉他的白衬衫少年，有折叠成心形的情书，有第一次亲吻时柔软的嘴唇，还有篮球场上的男生奔跑、进球的潇洒侧影。好像一触碰，就飘满了粉红色的少女的泡沫。

可是叉叉让我看到的，却是谣言和恶意的力量。幼稚的孩子，恶毒起来，却粗暴到让成年多年后的我每每想起都倒吸一口凉气。像是香港老电影中的暴力镜头，有人被侮辱，有人被诽谤，有人被排挤，带着一身伤痕站在晚风中孤寂着落寞着，又 low 又残酷。

不懂事的时候，总是因为一些莫名其妙的理由而伤害少数人的灵魂。有多少人让自己的同龄人在满怀恶意中一点点被摧毁？我想都不敢想。

而这种暴力，由于年纪尚小，心地单纯，显得更加可怕更加残忍。

我后悔没有在叉叉最难熬的时候好好地陪她说说话，这种悔意长久地蛰伏在我的心头。每当想起她来，就特别想哭一哭。

好在叉叉是勇敢的女孩子，我们是多么庆幸，在经历过无数艰难坎坷之后，她依然成为了一个优雅的女生。

一切没有打败她的，都在让她更加闪光。

但愿未来能够善待每一个被孤立的身边人，但愿人性之恶并非不可逆转，但愿人心不要再如此冷漠。但愿所有被冷漠对待过的，都可以爬起来，拍拍身上的灰尘，把痛苦磨砺成奖励自己的勋章。

倒霉的灰姑娘，你漂亮漂亮

1

竹子给我打电话的时候我还在马路上闲逛。

正是过年时期，空气里弥漫着鞭炮的硫黄味道，爆竹红色的小纸片碎得到处都是，行道树上挂着一缕一缕的孔明灯的残骸。

店铺基本都关着门，除了麻将室。我沿着护城河走了二十分钟，找到竹子说的地方，推门进去。

她穿着件白毛衣，坐在庄家的位置，手脚麻利地码着牌。

我说："手气怎么样？"

她嘴角一瘪："不怎么样。你看看，这牌桌子上一个两个的都是老油条了，今天我没办法大杀四方。"

我说："你可是赌神啊！"

她说："哎，自从从西藏回来四川，这运气是一天比一天差。我跟你说，我打麻将基本就没赢过！再也不敢自封赌神了。"

我抽了张凳子，坐到她身边。看到她挽起的袖口下露出的手臂，一大片烧伤的疤触目惊心。

她满不在意："是不是好丑？"

我笑着说："哪有。你永远是我的女神。"

她补充道："是女神经病吧。"

2

我和竹子认识的时间不短了。

小学时她在校篮球队，经常出去打比赛。

偶尔，我作为学校代表，跟着篮球队一起去客场。个子高高瘦瘦的她看起来总是那么显眼。抢球生猛，投球命中率超高，在篮球场上，她就是最耀眼的 super star（超级明星）。

印象最深的一次，她被对方的几个女生撞倒在地，胳膊上挂着彩，龇牙咧嘴地就爬起来，继续拼命。

比赛结束后，她找对方理论。领头的女生趾高气扬，拒绝道歉。

竹子愤愤地说："没教养。"

对方也不是什么善茬："你嘴巴放干净点！瓜婆娘。"

竹子怒了："你说谁呢？大傻逼！"

对方伸出爪子来就在竹子脸上挠了一把。

竹子也不是包子，干净利落地给对方来了两个大耳光。

对方被竹子突如其来的爆发给震住了，捂着脸，愣愣地说不出话来。

竹子说："以后你给我小心点，不是所有人都好欺负！"

然后，翩然离去。

我站在原地看得目瞪口呆，过了好久才回过神来。

我找到竹子，说："你好棒。"

她翻了个白眼："人不犯我，我不犯人。人若犯我，抄家灭门掘祖坟！"

3

后来，我跟竹子也没有过多的交往。直到升入初中，发现坐在我后桌的那个妹子特别眼熟。

我忍不住频频回头打量她。一双眼睛眼角妩媚地上翘，鼻子挺挺的，头发短短的，像个假小子。说话间眉飞色舞，充满活力。

我说："你是竹子吧？"

她说："是啊！你是小佳？"

我拼命点头："女神，你怎么知道我的名字的？！"

她笑着说："学校迎新晚会上，你唱了 Beyond 的歌啊！我也喜欢 Beyond。"

就这样，我和竹子迅速地成为了好朋友，因为一支来自香港的、即将解散的乐队。

我们每天上学放学都一起走，虽然我们住的地方其实并不算顺路。

绕点道嘛，没关系的，哪里比得上身边有心意相投的好朋友。

直到竹子和她的青梅竹马谈了恋爱。

那个男生叫阿烈，人就和名字一样炸裂。比我们高几届，属于古惑仔看多了的那种小混混，成天抽烟打架喝酒没个好。

我说："你真的要和阿烈在一起啊？"

竹子点头："嗯！我真的很喜欢他，他跟我哥是发小，大家从小一起玩到大的。他人其实很好，你们觉得他不好，是不了解他。"

我说："可是我总感觉他和咱们不是一类的……"

竹子打断我的话："哪里哪里，谈恋爱嘛，只要喜欢就可以了。放心啦，我绝对不会让自己受委屈的！"

4

恋爱中的竹子，迅速地蜕变着。

她留起了长发，开始学化妆。从一个假小子灰姑娘，变成了袅袅婷婷的公主。长着一张学霸脸的我往她身边一站，灰头土脸怂不拉叽的样子就像个小土拨鼠。

竹子经常苦口婆心地教育我："小佳，你也该打扮打扮自己。都长大了，还跟个小学生一样别发卡，幼稚。"

我嗫嗫嚅嚅："可是我妈不让我打扮。"

竹子说："干吗什么都听你妈的？这样吧，周末我带你去剪头发。"

我像个跟班一样被竹子带着来到了学校附近那家最时尚的理发店，一帮洗剪吹看到竹子就乌泱泱地围拢过来："烈嫂要剪什么发型？"

竹子说："去去去，一边去。今天是带我朋友来理发。"

洗剪吹说：“你朋友？看起来真小，刚小学毕业吧？”

我的脑门儿上立马倒挂下三根黑线："不小啦……"

洗剪吹笑得跟朵菊花似的："好啦好啦，知道你不小了。烈嫂的朋友，我们给你优惠价。你看看想要什么发型？烫头吗？挑染吗？"

我环视着周围的黄毛紫毛绿毛，怯怯地往后退了一步："呃……还是算了……我不剪了……"然后落荒而逃。

竹子追上来拉住我，嘟着嘴："干吗这样？怕啥？"

我说："我就是觉得没必要。"

竹子说："等你也有喜欢的人，就觉得有必要了。"

5

很快地，我也有了暗恋对象。

对方高大威猛、帅气有型，作为土拨鼠的我，只敢远观，不敢亵玩。

我站在竹子家穿衣镜前面，抓抓自己惨不忍睹的头发："竹子，我好像是该换发型了。"

竹子笑得花枝乱颤："早就说了，你还不信！"

我捏着攒下来的零花钱，再一次被竹子带到洗剪吹店里。还没进门呢，就听到里面的洗剪吹们吵吵闹闹地跟顾客打趣："哎哟烈嫂，还是玉米烫最适合你。看看，多酷炫！今年最流行！"

竹子的脸青了，拉住正准备朝里面闯的我，偷偷地躲在一旁，从玻璃橱窗往里窥视。

阿烈叼着烟穿着皮靴杵在一个妹子旁边，那个妹子正满意地打量着自己的新发型，打量完了还朝阿烈脸上亲了一口："喂，亲爱的，你觉得好看吗？"

阿烈嬉皮笑脸搂过妹子肩膀，语气甜得发腻："当然好看！我老婆什么发型都好看！"

洗剪吹不知道还有一个烈嫂在外面打量着众人的一举一动，并且正在准备爆发。他不知死活地厚脸皮夸奖："烈嫂真是女神啊！"

竹子再也按捺不住了，甩开我的手，挤进去，又是啪啪两个耳光。

打的不是另一个烈嫂，打的是阿烈。

竹子说："你不要脸！你不是男人！你无耻！"

阿烈在妹子面前丢脸，自然怒火中烧："竹子你闹什么呢？"

竹子说："你行啊，你到处把妹，你玩得可爽？"

阿烈说："怎么说话呢！我对你客气你不要以为我是病猫，惹急了别以为我不打女人！"

竹子说："你他妈要是敢打，我就敢踹，踹得你生活不能自理你信不信！"

阿烈恼羞成怒，一巴掌就要呼过来。

但是抽烟喝酒把妹把到肾虚的阿烈怎么可能打得到长年进行体育锻炼生龙活虎的竹子？竹子灵巧地闪开，冲着阿烈下体就是两脚："臭男人，踩爆你的蛋！"

生猛的竹子脚不留情，阿烈嗷嗷叫痛，旁边的一帮人根本拉都拉不住。踹完负心汉，竹子回过头来看到站在门口呆若木鸡的我，一把扯住我连帽衫上的挂绳儿就开始跑。

跑得我上气不接下气："竹子……竹子……我跑不动了……"

这才停下来："你咋这么没用。"

我说："谁能有你身体好？果然是灰姑娘啊，每天训练练出了一身肌肉。你打得可真过瘾，就是可惜我今天没理成发……"

竹子在我脑门儿上敲了一个爆栗："什么情况了还想着理发。我看你还是别倒追男人了，我就是血淋淋的教训。倒追男人，结果没个好。"

6

后来，我也没再换发型，顶着蘑菇头在试卷模拟考中度过了一个又一个周末。

竹子说了，倒追男人，结果没个好。所以我还是老老实实当学霸吧。

可是竹子自己明白了道理，却还是忍不住在倒追男人的路上越走越远。她风姿绰约，美貌动人，迎来送往地被一个又一个倒追的男人搞得遍体鳞伤，然后用自己的麻利身手把对方打得遍体鳞伤。

每当竹子失恋揍完人，就叫上我去陪她。我们买一书包的酒，带到 KTV 包间里，一边喝酒，一边一首接一首地唱 Beyond 的歌。

从《喜欢你》，到《真的爱你》，到《冷雨夜》，竹子唱完一段，等待中间那节超长贝斯 solo 的时候，突然莫名其妙地爆粗："他妈的，我现在才发现，《冷雨夜》讲的是渣男的故事啊！"

我说："啊？不是吧？"

竹子说："哼，什么怕望你背影，可知道我的心，比当初已改变，只牵强地相处……什么冷雨夜我不想归家……很明显的就是男人鬼混，又不愿意跟女的讲分手，打算一脚踩两船。我呸！"

我说："别激动，一首歌而已嘛，来来来，下一首下一首。"

竹子说："不唱了，老娘心情超差，老娘每次都被男人甩，算是怕了。"

我说："没关系，你是女神，这个不好，还有下一个。"

竹子说："下一个，下一个还在勾搭，好像有点苗头了，不知道能不能成。"

我三八地问："下一个是谁？"

她报出了一个名字，我欲哭无泪："竹子，别这样！我暗恋他！"

竹子瞪着一双醉眼："你暗恋他？我怎么不知道？小佳你到底有没有把我当你的真心朋友？"

我说："我以为你不喜欢那一型。"

竹子搂着我，眼角有眼泪："大不了老娘不要他了！小佳，你喜欢的人，我绝对不会和你抢。你加油，我退出。你们要是成了，给我买糖吃。"

我说："竹子你别哭啊。"

竹子说："在我心里，还是姐妹最重要。小佳，没有谁能比得上你。我好想你……"

我拍拍她的头："没事没事，我不是在你旁边吗？"

竹子说："可是，为什么你现在什么都不和我说了？"

7

竹子继续在她追求爱情的路途上跌跌撞撞地走着，我继续在通往学霸的路上啃题吃土。

我暗恋的对象，我终究没有跟他告白，也没能请竹子吃糖。竹子也终究没有找到她的真爱。

我们的联系，渐渐地变少了。好像也没有刻意地和谁拉开距离，只是自然而然地，我们朝着两个不同的方向背道而驰了。

再次跟竹子见面，我们都已经上了大学。我和朋友在火锅店吃涮锅，突然有个人跑过来捂住了我的眼睛："猜猜我是谁？"

过去这么久，我还是能在第一时间辨认出她的声音："竹子？！"

竹子放开双手，像我们从来没有疏远过彼此一样地跟我打招呼："好久不见！"

我问她："和谁一起呢？要不来我这桌坐坐？"

她用手指指着角落里的一桌，说："不了，跟我爸妈和男朋友在一起呢。"

我说："都见家长了？恭喜你啊！对方是谁？"

竹子说："家里人介绍的，对我不错。"

我说："打算毕业就结婚吗？"

竹子叹口气："看情况吧，也许真的会毕业就结婚。爸妈都喜欢他。"

我说："等你摆酒那天，记得给我打电话啊！"

竹子给我打电话那天，并不是她摆酒那天。

屏幕上跳动着的那个手机号码，显示的归属地是西藏。

我有点激动："竹子，你怎么跑西藏去了？"

竹子咯咯地笑："因为，因为我男朋友在西藏啊！"

我疑惑地问："你男朋友不是在成都工作吗？"

竹子说："换了。"

8

竹子又换男朋友了，这一次还是她主动去追求对方的。

西藏航空飞行员，一听就神气得要命。她爱上了这个男生，就立马跟谈婚论嫁的相亲对象分手，联系了飞行员的工作单位，然后一路过五关斩六将地进入西藏航空，成为一名空姐。

我说："竹子你好厉害！"

竹子说："谁叫我爱他呢！"

她爱他，爱到不得了，爱到当了飞行员的提款机，一张信用卡给飞行员揣在兜里到处刷。然后每个月末，就开始吭哧吭哧啃土还卡债。飞行员生病，端药、倒水、喂饭，照顾得无微不至。飞行员有什么想要的，竹子马上拜托朋友帮忙买了寄来。

但竹子和他度过了一段你侬我侬的甜蜜岁月后渐渐地发现，对方身上似乎有不妥的地方。

飞行员在全国各地到处飞来飞去，飞到哪，哪里就有个家。这已经是公司里大伙儿公开的秘密了。

奈何飞行员死也不肯承认。竹子没有证据，也没法儿和他闹。

翻手机看聊天记录这种下三烂的手段，竹子是不屑于做的。她向来大大方方，有事说事。

她说："你丫要是真的有了别的女人你就直说，我绝不会哭哭啼啼挽留你的。"

飞行员说："没有啊竹子，我最爱的人是你，我不会出轨的。"

竹子说："最好是这样。对了，下个月卡债，我这边没钱了，你自己还一下。"

飞行员说："我也没钱。"

竹子说："你怎么会没钱？工资比我还高呢。"

飞行员说："花了呗。"

竹子说："花哪儿去了？"

飞行员说："花到别的女人身上了。"

一听说竹子没钱了，飞行员立马就要和她划清界限。

竹子气哭，给我打电话："小佳，你说，这种贱男人我要怎么对付他？"

我说："像你以前那样，狠狠地揍啊！"

竹子说："可是我太久没锻炼，不知道还打不打得过他。"

我说："打不过就赶紧跑。"

竹子叹气："你说我怎么这么倒霉呢？当了这么多年灰姑娘，还总是在十二点以后变回从前的模样。"

我说："哪有，你可是女神啊！"

9

我们谁也没有想到的是，在西藏，女神竹子被飞行员变成了女神经病。

她心里郁闷，把自己关在厨房抽烟。结果忘记关煤气，煤气罐遇到火，就爆炸了。

竹子受了伤，脸上胳膊上都被烫出大片大片的伤疤。她不愿意让亲人朋友担心，谁都没说，自己一个人住院，一个人打吊瓶，一个人做复检，忍受着一次次换药撕心裂肺的痛。

更加让她崩溃的是，母亲突发脑溢血去世，父亲患上了肾病，雪上加霜。

那个飞行员，落井下石，在公司内部到处造谣："我跟你们说啊，竹子神经病的！我跟她说分手，她就去点煤气罐要自杀，幸好那时候我不在，不然我估计都得给炸飞了。"

竹子出院回到公司，收到的却是一张解除合同的通知书。

没办法在航空公司待下去了，竹子买好机票，飞回成都。

给母亲办理后事，带父亲去医院看病做透析，没日没夜地忙。

母亲的后事处理完毕，她给我打电话。

我赶忙问好她的地址，急匆匆跑过去。遇到接二连三的打击，竹子一定很痛苦，很悲伤，很需要安慰。

可是出现在我面前的竹子，还是那么精神，那么大方。

她痛快地打麻将，不顾忌地向我展示她的伤痕，像是在展示自己战斗后的勋章。

我说："竹子，你现在打算怎么办？"

竹子说："不怎么办。搂不了飞行员，我还有律师朋友你啊。"

竹子说："你帮我发张律师函，要不回来我倒贴的钱，我就不叫竹子！"

我说："好样的，竹子，你真的很棒！"

竹子笑着说："就是我再也不是女神了，我是女神经病。"

竹子又说："经历过这么多事情，我真的不敢再爱了。"

10

飞行员用掉的钱最后还是被追了回来，竹子也在忙忙碌碌。

我和她去看电影,在大厅等待入场的时候我问她："最近忙什么呢？"

竹子说："忙着准备去云南。"

我说："怎么突然要去云南那么远？"

竹子说："要挣钱啊。我爸做透析要钱，我自己要钱，航空公司回不去，我那点破事在这里传得人尽皆知，我只能做点别的。刚好有个亲戚准备去云南开客栈，我就跟他说我去帮忙，他开的工资不错，平时工作也没那么累。"

我说："你爸爸平时多病，万一生病了，这么远不方便照顾。"

她说："我知道。我想好了，在那边一边上班一边准备考公务员。到时候考回来，就又能养家，又能照顾爸爸。说不定，说不定还能遇到我的真命天子呢。"

受了太多委屈的竹子，不敢再爱的竹子，对爱情，还是抱着一点期待的。

电影开映，安东尼坐的飞机飞上天空。竹子吐槽："这根本就不是国际航班。"

我说："这也能看出来？"

竹子说："那当然。在西藏航空工作那么些年，我要是这个也不知道就白干了。"

她的表情很淡然，很坚定，也有那么一点忧伤。

11

竹子走的那天，我没有去送她。

她给我发了一小段的语音，是 Beyond 的那首歌。

"仍然自由自我，永远高唱我歌，走遍千里。"

激昂和漂泊的味道混在一起，是可以把人的思想和眼泪一起揪出来的。

这个城市真的很小，小到关于我们的谣言，一讲出口就可以传得那么广阔。

这个城市真的很大，大到我们穿上盛装，坐上南瓜马车，也找不到宫殿的方向。

午夜十二点的马路，没有水晶鞋，也没有骑着白马等她的王子。

只有一个接一个的坎，一座接一座的山。翻越千山万水，也看不到梦里的那片大海。

灰姑娘真的很倒霉。她又蠢又笨又执着，她总是剪错发型，下错决定，订错票，爱错人。她也愤恨过，也失望过，但她从来没有绝望过。她不会说好听的话，她不会忍辱负重求成全，她不是公主，她不做又精明又细心又温柔的草包。她要爱就爱，要恨就恨，要活就活，要死就死。她没有面具，她很真实。我要是个男人，我一定娶了这样的她。

倒霉的灰姑娘，你漂亮漂亮！当有人抛弃了你，侮辱了你，伤害了你，你喝得舌头都大了，走路偏偏倒倒，却还能扛起生活的重担，唱着敞亮的歌。

我愿意让你在我胸口痛哭，暂时地放弃那份坚强。我愿意搂过你颤抖的肩膀。然后告诉你，姑娘，你不是女神经病，你是女神。

我多想斩钉截铁地告诉你，姑娘，不是你的错，是这个世界错了。

像少年一样爱你，像成人一样克制自己

1

阿澈给我打电话的时候我正在火车上，车轮和铁轨相互撞击，发出轰隆隆的声响。

"我谈恋爱了。"

"什么——？"

"我——谈——恋——爱——了！"

"恭喜你啊！"

"可是，可是有件事情我想了很久还是决定告诉你……"

"什——么——？！"

"我说——我有件事还是决定告诉你！我的恋爱对象，是个男生！"

"我……我是不是见鬼了……"

外面的风从车厢连接处的缝隙里呼啦啦地吹进来，阿澈的话，很快地就消散在了风里。

这是他第一次真正地恋爱。我原本应该替他感到高兴的，只是我没想到，他自己也没想到，初恋对象的性别会出现问题。

　　2

　　高中时候的阿澈一直处在最受女生欢迎的行列。待人温柔和气，处事细致周到，眉眼里满满的都是让妹子们心神荡漾的风情。

　　但是他在我和璐璐这里，就是一枚不折不扣的二逼。

　　曾经失足掉进农村旱厕，同伴用粪勺把他给捞起来，他回到地面后却把手伸进裤兜想检查一下那叠压岁钱是否安好，结果掏出一坨屎，立马哭了。想抽烟，又不敢去买，每次都得偷偷摸摸地叫住我叮嘱说："一定要记得给我买爱喜，我喜欢那个薄荷味。"然后被我无情地吐槽成娘炮。过年的时候大家一起放孔明灯，他的许愿灯永远升不上天去，不是被烧了，就是被树枝挂住。连暗恋这种事，也要找我们商量对策。

　　阿澈暗恋的那位，长得并不十分漂亮，甚至可以说有点凶悍。事业心非常强，年会主持，党员评优，样样争第一。

　　我和璐璐怂恿他去表白，他却扭扭捏捏不敢行动。最后鼓足勇气在圣诞节那天送给对方一本书，里面夹着张小纸条，忐忑地等待着她的回复。

　　她的回复很简单，只有三句话："不，不要，不喜欢。"

　　阿澈的少男心严重受伤。他买好啤酒找我们出来，陪他坐在天台上喝酒诉苦闷。我好奇地问他："你在纸条上到底写了什么？"

他说："i like you，you like who？"

我说："你个傻逼，语法都有问题。难怪她不要你。"

阿澈的脸刷地红了："我又不是学霸，别嘲笑我了。来来来，喝酒。"

我拉开啤酒罐拉环，喝了一口。靠，有股果味。是菠萝啤。

璐璐也喝了一口，眉头马上皱了起来："阿澈，你怎么连失恋后选择的饮品都这么娘炮？"

阿澈翻了个白眼："你管我！"

3

就这样，阿澈结束了他的暗恋。这次暗恋期特别短，短到不足一个星期。一个星期之后，阿澈又开始跟我们嬉皮笑脸玩玩闹闹。再谈起那个女生，阿澈的态度就全变了："哎，我跟你们说，她和她的初中同学在一起了，两个人还是异地恋！"

我说："你不感到羞愧吗？别人不在一个地方都能俘获她的心，你们就在一个学校一栋楼里，每天上课下课能见面，居然还没能近水楼台先得月。"

他说："这有什么不好意思的，感情嘛，不能强求。"

我拍拍他的肩膀："早这么想多好，我们也不必陪你喝娘炮的菠萝啤了。"

我和璐璐包括他自己也没想到的是，阿澈这一空窗，就空窗了三四年。到他真的谈了恋爱，居然成为一枚不折不扣的基佬。

大学期间，阿澈迅速地蜕变着。从一个温柔和气细致周到的暖男，变成个 man 得不行的强悍霸道总裁。

爱喜？早就不抽了。喝酒？白的红的随便。再次出来聚会，是璐璐失恋的时候。阿澈打抱不平地找到对方，在饭桌上把负心男直接喝成了酒精中毒。璐璐痛哭流涕地跟阿澈抱怨负心男的薄情，阿澈搂着璐璐的肩膀软言安慰，我一边给璐璐掏纸巾，一边说："阿澈你终于不娘炮了。"

阿澈说："是啊！现在的我，是个 pure man（纯爷们）！"

我说："那么你现在也不必再找姐姐式的女强人做女朋友了，你可以找个小鸟依人型的。"

阿澈说："哈哈，是吗？这个，那个……"

阿澈那时候没有说完的话，最后在我坐火车去北京办毕业手续的路上说了。

4

在办完大学毕业的琐事后，我和璐璐回到成都，终于见到了阿澈传说中小鸟依人的对象。

男生叫旋头，很秀气，个头不高，容易害羞。他学服装设计，和阿澈在美术强化训练班上认识。认识后不久，就双双坠入爱河。

几个月没见面，我们彼此都有说不完的话。当天晚上，大家去超市买了一箱啤酒半斤花生，还有各种泡椒凤爪麻辣鸡，决定就在阿澈宿舍驻扎。

几瓶啤酒下肚，阿澈开始感慨："小佳，璐璐，这些年你们陪我走过来，也知道我暗恋过别的女生。可是我从来，从来没有对谁产生过这么强烈的感情。是啊，我对那些女生，有过心动，但从来不是爱。直到我遇见了他……"

旋头有些不好意思："哎呀阿澈，你是不是醉了？你少喝点。"

我偷笑着："旋头，别打断他，让他说。"

阿澈继续絮叨："以前啊，我在别人眼里总是很棒，很好，很温柔。其实我私底下很二，很傻，很逗逼。我害怕恋爱，害怕别人发现我二逼的一面，然后接受不了那种巨大的反差。可是旋头不是，他知道我掉过粪坑，知道我的一切糗事儿，可是他还是那么喜欢我。"

旋头说："是啊是啊，我都明白。你是六毛，我也是六毛，我来陪你一块二嘛。"

阿澈说："我真的对你是真心的。我们恋爱的事情，我谁也没有告诉，只告诉了小佳和璐璐，她们不会骂我搞基，不会阻止我们相爱。旋头，她们是我这辈子最好的朋友。有可能，我对她们会比对你还要好，我希望你能理解……"

我朝着阿澈比手势让他收声，但是喝大了的阿澈已经拉不回来了。

阿澈说："旋头，你一定要接受她们。如果你接受不了，我们以后在一起，可能会出现很多问题的……"

我看到旋头原本洋溢着甜蜜微笑的脸，一下子冷淡了。

空气里弥漫着尴尬的气息，璐璐连忙站起来打圆场："好啦，阿澈，你今天情绪有点激动，时间不早了，咱们休息，休息。"

然后她拉着我，端着洗脸盆，扑到洗手间去洗漱。

我说："璐璐，阿澈真笨，当着旋头的面说这样的话，难怪他会生气。"

璐璐说："没事的，两男子汉在一起，应该不会像女生那样小心眼吧？"

我说："但愿如此。"

等到我俩洗漱完毕，回到阿澈寝室，发现灯已经灭了。旋头闷声闷气地坐在阿澈的桌子前不说话。阿澈已经躺在床上发出了均匀的鼾声。

我小心翼翼地说："旋头，你还不睡吗？"

旋头从鼻子里发出一个声音："嗯。"

我说："早点休息吧，熬夜对身体不好。"

旋头说："嗯。"

璐璐张张嘴还想说点什么，终于没能吐出话来，扯扯我的袖口。我点点头，跟璐璐也上床睡了。

5

第二天，大家都莫名其妙起得很早。

看上去旋头已经从前晚的郁闷里缓了过来，正扭着阿澈的胳膊兴高采烈地说着什么。我跟璐璐相视一笑，借口出去打包早餐，给他俩留点私人空间。

拎着四包豇豆面往回走，璐璐突然说："我怎么总觉得他俩应该长久不了。"

我说："为什么？他俩不是好着呢。"

璐璐说："就是预感，具体原因我也讲不清。"

我说："你别瞎操心了，两个人的事情让他们自己处理。"

璐璐点头："希望我预感不要成真。"

好的不灵坏的灵，璐璐的预感果然成了真。

旋头和阿澈，一个坐在桌子边戴着耳机板着脸听王菲的歌，一个站在阳台上点着烟吞云吐雾。

璐璐受不了这种沉闷的气氛，没话找话说："哎呀，桌子上这两杯水是给我们倒的吗？旋头你真贴心！"

阿澈的声音从阳台传进来："喝吧，给你和小佳兑的蜂蜜水。"

旋头把手机往床上一甩："都不给我倒。"

阿澈说："她俩是女生，男生要懂得照顾女生啊！"

旋头说："你是我对象！"

阿澈说："你自己去倒，杯子蜂蜜都在架子上。我说过了，男生要自立一点，不要什么事情都等着别人给你做好。"

旋头把被子往头上一蒙，拒绝再听阿澈说话。

我尴尬地笑了两声："阿澈啊，豇豆面我和璐璐买回来了，你跟旋头一会儿吃一点。我们下午还有点事，先走了。"

阿澈点点头，没有转身："嗯，我就不送你们了。"

璐璐连忙说："不用送不用送，来了几次能找着路的。"

然后我赶紧拖着璐璐的手，一溜烟跑了。

6

不久以后，我去了上海工作，璐璐去了北京。我们和阿澈、旋头的见面次数越来越少，但一直保持着电话联系。

那段时间，阿澈准备考研，每天上课画图、下课背书，搞得焦头烂额，自己开的小工作室也零星的有业务，忙成了个陀螺。

算一算，我已经有两个月没有接到过阿澈的电话了。某天晚上，我加完班出来，正在红宝石买小蛋糕，电话铃响了，接起来一看，不是阿澈，竟然是旋头。

旋头的声音有一点假装欢喜的牵强："哈哈，小佳，最近还好吗？"

"还行吧。你跟阿澈呢？马上要过节了，准备去哪儿玩？"

"我已经一个星期没有联系他了。"旋头说。

"你们出什么问题了？"我问。

"我做服装设计，在成都这边也不好找工作。现在回乐山，在朋友店里帮忙，准备一边上班一边学装修设计，以后和他一起创业。可是不在一个地方，我特别特别想他，老想去找他。"

"不过他最近好像很忙，要考研了。"我说。

"我知道。可是再忙总能抽出个一两天陪陪我啊！"旋头的话里满是委屈，"既然在一起了，总得给伴侣分点时间的。"

"安啦，等他考完研，你们应该就好了。"

"不好。我决定了，我要和他分手。"旋头说。

我对旋头的反应一点也不惊讶："你要想清楚啊。其实他跟我说过，你们都是彼此的初恋，第一次恋爱可能冲突摩擦会比较多，但慢慢地就能磨合了。要再坚持坚持吗？"

"我才不要坚持！"旋头带上了哭音，"他背着我偷偷地和别的男人去酒吧你知道吗？"

"不会吧！"我瞪大了眼睛，"就算去应该也是工作上的事。他平时又要忙毕业设计又要考研还要干私活儿，像跟客户跟老师这种应酬比较多，偶尔去下酒吧没关系的，你要相信他。"

旋头沉默了一会儿，说："为什么他什么都跟你说，可是他却从来不跟我说呢？"

我一时口干舌燥，刚才吞下去的奶油小方好像黏住了自己的喉咙："这……"

还没理清楚思路，旋头就挂掉了电话，耳边只剩下空空的忙音。

我叹口气往回走，阿澈的电话来了："小佳，有空吗？"

"你既然这么问了，那当然是有空了。阿澈，是和旋头出问题了吧。"

"嗯……你怎么知道？"

"他刚告诉我了。"

"哈，他还真是，有事情宁愿找你商量。说实话，我真的有点受不了他了。"

"你一次性把话说完好不好？"我咬牙切齿地说，"别和挤牙膏似的。"

阿澈有点抑郁："旋头他，太小家子气了。"

阿澈说，旋头和自己在一起后，变得越来越小心眼爱嫉妒。上次我和璐璐去找他们玩，因为一杯蜂蜜水，旋头就生气了，哪怕明知道自己是 gay，不喜欢女孩，但依然阻止不了旋头的嫉妒。后来，这种情况愈演愈烈。阿澈在自习室自习，旋头打电话来被挂掉，就孜孜不倦地一连十几个夺命连环 call。阿澈解释说不能打扰别人复习功课，旋头却老觉得其中有诈。阿澈和客户吃饭，中途没有看到旋头发来的短信，旋头那边一下子天就炸了，任凭阿澈打几个电话过去道歉，旋头就是不接，还不忘发几条酸溜溜的短信讥讽他。阿澈要去补习班学考研英语，旋头突然坐着高铁来成都找他，一找他就待个四五天，每天都要自己陪着他去走走玩玩、拍照、寻找美食。阿澈担心课程，旋头就觉得没有受到重视。来来去去次数多了，弄得阿澈心烦意乱。

我按了按太阳穴："阿澈，你有时候有什么苦衷，也要跟旋头说清楚。你不说清楚，他爱乱猜忌，这样一来不就出现问题了吗？你也别再抱怨这么多了，既然实在受不了他，那就继续别联系他。时间长了他估计也不会再找你了。"

阿澈说："是啊，所以我才和你打电话嘛。"

我说："要么你就和他赶紧分手。"

阿澈说："你知道的，我是个善良的人，是暖男。这种话我说不出口。"

我说："那么我去帮你说。反正我这边有旋头的电话微信，你说不出口就让我来说。"

电话那头的阿澈突然就慌了："不不不，小佳，这种事情不能让人代说的。"

我故意讽刺他："那你到底要怎么样？一边抱怨，一边没勇气说分手，我好心要帮你你还阻止我。以前觉得你已经长成了一个 pure man，现在看来，你还是那么纠结，那么优柔寡断，那么娘炮。"

　　阿澈生气地说："路小佳你排比句用得好！可是我现在正难过呢，你能不能安慰一下我。"

　　我一针见血地说道："说到底你就是舍不得他！"

　　阿澈闷闷地说："是啊。"

　　7

　　这番电话打完没多久，我和璐璐分别得到消息，阿澈跟旋头和好了。

　　当然，这次争吵并没有帮助他俩从此走上互相理解、互相包容的康庄大道。阿澈继续忙自己的各种事情，旋头继续不停地打翻醋坛子，控制欲爆发。每隔一两个礼拜，要么是璐璐，要么是我，就会再次接到哭诉电话，然后继续无奈地扮演着知心姐姐的角色。

　　好像人都是这样健忘，上一秒钟赌咒发誓要对对方好，要体谅对方，下一秒钟就给抛到九霄云外，接着开始新一轮的相爱相杀。

　　阿澈最终没能考上研，旋头也没有在成都找到合适的工作。他们彼此相爱，彼此伤害，争吵和分手的戏码上演了太多次，不仅是我和璐璐这样的观众觉得乏味，连阿澈自己都觉得乏味了。

　　阿澈最后一次以旋头男友的身份给我打电话："我想通了。我要放下他。"

我说："你别对我说这样的话，说过了太多次，我都不信了。"

阿澈说："这一次我不会再走回头路了。最近烦心事太多，我决定出去走一走。"

阿澈真的说走就走了，旋头没想到，我也没想到。

他背着几件换洗的衣服，带了一点钱，踏上了去西藏的旅途。

从雅安，到泸定，再到雅江。

从理塘，到巴塘，再到芒康。

一步一步，走得艰辛。路段险峻，弯多坡陡，在颠簸的路途中，阿澈捧着塑料袋吐得一塌糊涂。

璐璐给他打电话："喂，阿澈，实在不行就赶快回来吧！身体重要！"

阿澈强颜欢笑："不，不用。这一路上风景可好了。"

我说："璐璐，你也别劝他了。其实我们都知道，阿澈不是想看风景，而是想把一些记忆扔在路上。"

璐璐说："唉，都怪我。我是乌鸦嘴，我的预感总是那么灵光。"

我说："跟你没关系。恋爱，终究是如人饮水，冷暖自知的事情。"

阿澈终于抵达目的地的那天，发了一条朋友圈。

照片里的他，黑了，瘦了，可是眼睛还是那么明亮。

他站在猎猎作响的经幡旁，举起右手放在脸庞比了个"V"字。眼尖的我一眼就发现，从前阿澈不离手的那串佛珠，不见了。

那是他们刚刚确定关系的时候，旋头送给他的。

一百零八颗菩提子，一颗一颗地去掉果肉，晾晒、上油，再费尽心思串起来。

阿澈这一戴就没再摘下来。可现在，他把它埋在了拉萨河边。

微信对话框里，阿澈说："小佳，璐璐，现在我感觉轻松多了。"

8

轻松多了的阿澈回到成都，很快就找到一份满意的工作，开始了紧张的生活。

可是旋头这边，好像一直舍不得，放不下。

旋头又去试着找过阿澈几次，阿澈铁了心，不接电话，不回短信。

旋头的挽留和眼泪，在阿澈的心里好像是一根针，轻飘飘的。

几次三番下来，旋头终于不再纠缠阿澈了。

偶尔，在一起聚会的时候，璐璐还会打趣阿澈："死基佬，你说以前喜欢过女生，怎么性别取向就变了？"

阿澈说："女生多麻烦啊，爱哭，爱吃醋，我才不要和女生谈恋爱。你看当初那个某某某，多女强人，多好胜，后来谈恋爱的时候，还不是经常哭哭啼啼找人诉苦。"

璐璐说："可是旋头也麻烦啊，爱哭，爱吃醋。"

阿澈说："所以我和他分手了。"

璐璐说："一点儿不后悔？"

阿澈硬着脖子说："当然不后悔！"

我一边翻着朋友圈，一边说："那我如果告诉你，旋头好像有了新男友，你会有什么反应啊？"

阿澈的声音有点慌："什么？新男友？这——这不可能吧！"

我把朋友圈的照片转发给阿澈看，阿澈不吱声了。

所有的伪装在这一瞬间全部分崩离析，假装了太久，却始终不愿意承认，旋头始终是自己心底的牵挂。

那根轻飘飘的针，顺着血液流动，最后扎进了阿澈的心房。

那一天，阿澈又喝多了。

红着眼睛的阿澈发疯一样地给旋头打电话："喂！你好吗？"

旋头说："我很好。"

阿澈说："喂！你真的好吗？"

旋头说："我真的很好。"

阿澈说："你不要骗我，你真的好吗？"

旋头说："我不好。我没有你，我一点也不好。"

阿澈说："我已经看到你的新男友了，你们很合适。"

旋头说："我没有谈恋爱。我把这张图放到朋友圈里就是想着你什么时候能看到，你看到会不会想起我……"

旋头的情绪很激动，说话的声音也很大。璐璐和我听到后，双双石化。

在旋头断断续续的叙述中，我们知道了他们分手后，旋头身上发生的故事。

阿澈前脚刚从西藏回来，旋头后脚就去追寻了他的步伐。

从雅安，到泸定，再到雅江。

从理塘，到巴塘，再到芒康。

一步一步，走得惨然。

抵达拉萨后，旋头高反严重，在医院里输了几天液。即使这样了，他还不死心，用自己的脚步去丈量这个城市，试图找到阿澈走过的地方。

回到乐山，旋头也没再去朋友的公司上班。他报名参加培训，每天画图、读书、健身，不停地充实自己。最后，跟人合伙开了一个室内装修设计工作室。

曾经与阿澈订下过的约定，旋头都一条条地实现了。

可是当初信誓旦旦在一起的人，并不在他的身边。

旋头在电话那头失声痛哭，边哭边说："阿澈，我一直都爱你。"

阿澈在电话这头傻笑着发疯，边笑边说："哎哎，你的新男友不错啊，你好好珍惜……"

所有的情绪，都在这一瞬间溃了堤。

璐璐和我都以为，这个晚上过去，也许两个人就能重修旧好了。可惜事不如人愿。

阿澈依旧过着没事人一样的生活，上班下班，洗菜煮饭。旋头也没主动再找阿澈说话，两个人好像从来没有在酒后互诉衷肠，一切平常。

有时候，阿澈也会跟我抱怨，说自己怎么老是找不到心仪的对象。一来二去听烦了，我就跟他杠。我说："找旋头去。"

阿澈说："咱们能不能别提他了。"

我说："旋头还是一直单身哦。"

阿澈说:"那又怎么样?"

我只好说:"不怎么样。"

可是我能看到,说起旋头时,他眼睛深处有牵挂,有哀伤。

9

日子一天天过去,有一天,阿澈带回来一个男生。

男生没旋头帅,没旋头害羞,大大方方地伸出手来做自我介绍:"小佳你好,我是阿哲,是阿澈的同事。"

我笑着伸出手去,手机发出"叮"的一声响。

滑动解锁,消息来自阿澈:"是我男朋友。"

我回:"猜到了。他也知道你的糗事?"

阿澈说:"当然知道。"

阿哲和阿澈相处得很好很平静很合拍,一起上班,一起下班,一起熬夜,一起吃烧烤,一起窝在沙发上看电影。怎么看,怎么觉得是合衬的两个人。不光是我,璐璐也是这么认为的。

我问阿澈:"旋头知道这事儿吗?"

阿澈摇摇头:"不知道。"

我说:"为什么不想让他知道?"

阿澈说:"爱得太深,太炽热,太痛了。最好的结局就是慢慢地从彼此生活中淡出,让一切都 fade away(消失)。我不愿意他难受,也不愿意让阿哲难堪。阿哲和我,真的很适合。"

我说:"我明白了,可是……"

阿澈打断我的话："可是我也想得通透。年轻的时候，我喜欢过强势的人，因为我自己不够强大，不够有担当。后来我逐渐变得强大起来，我希望恋爱的对象也和我一样强大，能够并肩作战。但现在，我发现，我自己强大不需要勉强对方也强大，我可以去保护他，去喜欢他，他也不需要每天和我黏在一起，不需要控制我。我们特别合拍，相处起来也舒服，我喜欢这种舒适的状态，不想再让任何人，包括旋头，来打破这种平衡了。"

10

我一直避免跟旋头主动谈起阿澈，偶尔聊天，大多是些美食和天气这种无关痛痒的话题。可是毕竟旋头和阿澈在一起那么久，彼此的朋友也多。时间长了，他还是会听到不同的人转述关于阿澈的事情。

某个秋天的夜晚，我收到旋头的微信："他恋爱了吧？"

我没有回话，我不知道怎么回话。

他发来一个微笑的表情，说："没关系，我已经知道了。你放心，我不会再去打搅他。过去的我不懂得怎么去爱人，可是现在，我懂了。"

次日清晨，我在朋友圈刷出来一条状态，是旋头发的。

"我又做了一个梦，我又看了看以前写过的东西，我又用了一回你送给我的酒杯，我又开始回想某些事情。心酸着的，开心着的，我都想笑。来来去去，人山人海，恋爱着的在恋爱，偶尔问候。单着身的在拼命工作。曾经我想做个痴心人，后来我想做个浪子。可是现在我想找个人结婚，虽然那个人已经准备和别人共食人间烟火。愿你不忘初心，也祝福我自己。"

其实，所有人大概都不能免俗吧！对爱的苛求，终究抵不过适合二字。太浓烈的爱情，总会让人恐惧，让人想要远离。太惨痛的回忆，只适合深深地埋在心底，任由它留在过去。当我们终于学会了怎么去爱，却已经和对方失散。那么也好，不要再试图寻回，因为我们都再也回不到最初的那个自己。

如果我们的未来只剩回忆，如果我们的未来只是死去，那就让我，像少年一样爱你，却又为了你，像个成人一样地去克制自己。

別着急，慢慢爱

1

幻幻是个实心眼的女青年，敢爱敢恨，敢作敢当。

在一个网站上，我认识了她，然后迅速地和她熟悉起来。

互加好友第七天，打算买机票去杭州过元旦的我，网银支付出了问题。跟幻幻一说，她就大方地刷卡给我买机票。

互加好友第十天，我和她抱怨说到了杭州人生地不熟，一个人玩太孤单。已经去过两三次杭州的幻幻，立马买了车票准备为我做导游。

互加好友第十五天，我与前男友撕逼，幻幻要来电话号码把对方骂了个狗血淋头，还因此养成了晚上睡觉不关机的习惯，她怕我失眠找不到人说话觉得难受。

我第一次和幻幻见面是在落满了冬雪的西湖边上。她高高的个子，皮肤黑黑的，头发扎成简单的马尾辫，穿着一件羽绒服，站在预订的旅馆门前等我。

那时候，我跟另一个朋友小博在一起。我盘算着幻幻会不会猜不出到底哪一个才是真正的我，没想到她一点儿也没有犹豫，直接冲过来一把抱住了我。

两年以后某次闲聊，我忍不住问她："你说你当时都不怕抱错吗？"

她不以为然地说："其实我看到有两个妹子同时进门，惊得眼珠子都要掉出来了好伐！但是我一向相信我的直觉，不会错的。"

我说："幻幻你好自信。"

她扬了扬脖子："那当然。"

2

自信的幻幻也有不自信的时候，比如，她的第一次恋爱。

对方是学校里高富帅的风云人物，幻幻是爱打架爱泡吧的夜蒲达人，他俩唯一的共同爱好就是打篮球。在某次打球抢场地的时候幻幻跟高富帅相识，她身上强悍的野性像风一样席卷过高富帅的心。所以，当幻幻为了抢一个篮板摔倒在地上还把胳膊擦出血的时候，高富帅立马凑了过来嘘寒问暖。他身边从来不缺莺莺燕燕，突然遇上一个野马一样的姑娘，自然而然地吸引了高富帅的目光。

以赔礼道歉请喝奶茶为由，高富帅顺利地要到了幻幻的电话号码。接下来的戏码就是每天约打球，约吃饭，约看电影，告白在当地最高的建筑物天台上进行。天台上，幻幻看到了生活多年的城市最美的夜景，不由自主点了头。于是，夜蒲达人就这么和高富帅走到了一起。

幻幻谈恋爱后，酒吧也不泡了，社团纠纷也不参与了，渐渐地变成了生活简单正常的好妹子。她把原本跟狐朋狗友吃喝玩乐的时间都用来给高富帅织围巾，织手套，织毛衣。

那一年，《织毛衣》还没有火遍大江南北。幻幻织啊织啊，一双手冻得通红。跟高富帅见面的时候，高富帅握着她冷冰冰的手，动情地说："幻幻，我一定要娶你。"

幻幻感动得热泪盈眶。

其实，幻幻一直都是好姑娘。多年以前，父母为了生男孩，把作为第二个女儿的她长期放在乡下奶奶家养大。童年里父爱母爱的缺失，让她对很多事情都丧失了信任和耐心。当奶奶去世，她终于回到父母身边，却发现经过漫长的离别，父母与自己的关系是那样疏远。于是，她打架，她酗酒，她企图通过这样的方式来获取一点关怀。可是，除了咒骂和棍棒，她并没有得到想要的东西。

她想要的很简单啊，就是爱。在做夜蒲达人的时候，不是没有人向她告白表露倾慕。但她清楚地明白，在这样的环境下，所有的表白不是出于爱，而是出于欲望，出于嫉妒。

可是高富帅和那些古惑仔不一样。高富帅有钱，有魅力，有的是女人喜欢。他选择了她，不可能出于经济原因，不可能出于欲望渴求，那么一定是出于爱了。

于是，幻幻一头扎进了这场恋爱里，不顾一切地付出自己。

3

放暑假后，幻幻和高富帅各自回到了家乡。

虽然相距不过两小时车程，但幻幻就是没能和高富帅见到面。因为每次试图跟对方约见面的时间地点，高富帅总是以各种理由搪塞。

人们都说恋爱中的女人智商为零，尽管如此，幻幻还是嗅出了一丝不对的味道。可是幻幻不像别的女人一样一哭二闹三上吊，好不容易得到爱的她，宁愿选择无条件相信对方。"他一定是很忙。"幻幻自我安慰道，心想："这一次不行，不是还有下一次吗？我和他的未来还长着呢。"

下一次，幻幻再给高富帅打电话约见面，不出意外地又是拒绝。

为什么拒绝呢？因为高富帅说自己打球摔断了腿，要在家休养，可能整个暑期都没有办法出门了。

幻幻心里非常着急非常焦虑。一着急，她就收拾了东西骑上摩托车往高富帅家跑。那天下着大雨，刮着台风，一路上都是泥泞的羊肠小道。雨披并不能为幻幻遮挡住大雨的侵袭，她从头到脚都滴着水，浑身湿透。前些日子的感冒还没有好完全，再加上长时间的骑行，幻幻头晕目眩，路过一个水坑，没能绕开，车轮打滑，她一不小心连人带车地就摔了下去。

手肘和脸颊都在地面上磨出了血，手腕摔得生疼。她好像并没有知觉，摇摇晃晃从地上爬起来，用尽吃奶的力气扶起车，继续前行。

转过了一个弯又一个弯，路过了一条小河又一条小河，幻幻终于到了高富帅家门口。

她把车停在门口，满身泥浆地去敲门。没有人应答。

再敲，门里终于传来了高富帅懒洋洋的回音："谁啊？等一下。"

不知道过了多久，高富帅终于踢踏着拖鞋披着凉被来给幻幻开门了。幻幻抬起头，却发现高富帅的背后，还站着个姑娘。

那姑娘眉清目秀，温婉可人，化着精致的妆，和幻幻完全是两种类型的女孩。

高富帅看到幻幻，吃了一惊，嗫嚅着说："你……你怎么来了……"

幻幻苦笑："是啊，我怎么来了。我也不知道我怎么来了。"

高富帅假意挽留："天气这么差，你……你要不进来歇歇？"

幻幻说："不用了。你的脚没事，我也放心了。我不打扰你们，我现在就回去。"

说完话，幻幻又骑上车，往回赶。大风大雨里，为的就是和高富帅说上这么两句话，幻幻忍不住想嘲笑自己。

两个小时的车程，幻幻不知道骑了有多久。她的眼泪不停地往下淌，和着雨水一起滴到嘴里，满嘴都是苦涩腥咸的味道。

回到家，幻幻再也没有力气走回房间。她在堂屋中间跌倒了，还发着烧。

什么是爱？什么是承诺？什么是责任？

幻幻以为自己都明白了，原来她还是没有明白。

爱情不过是镜花水月，爱情不过是寂寞者的一场游戏。爱情是一个遥远的梦，一触碰就破碎，一靠近就幻灭。

4

后来，高富帅也曾经给幻幻打电话、发短信，试图挽回。可是幻幻也是个坚定的女生，一旦做出了决定，八匹马也拉不回来。

幻幻只是很平静地告诉对方："我的信任只有那么一点点，你用完了就再也没有了。"

失恋的幻幻并没有回到过去那种打架泡吧的混乱生活中去。她看书、写文章，做兼职，准备存钱出去旅行。虽然高富帅的身影时不时地还会在梦里出现，虽然走过当初相遇相知的篮球场、奶茶店，心头还是会拧着地痛，虽然在失眠的那些晚上，她还是会靠着枕头默默地流泪，但她想通了。

她再也不要为了一个人放弃自己，再也不要不顾一切地付出所有。也许在爱情中有所保留，反而是让感情保鲜的秘籍？

离开他的第二个夏天，幻幻就扛着单车走上了骑行的路途。从云南，到西藏，一路风餐露宿，结识了很多朋友。

幻幻还是那么耐心，那么贤惠。在路上，她帮队友洗衣服、买饭、订房间、扎帐篷，把每个人都照顾得很周到。她把对高富帅的好都用在对朋友身上，自然成了骑行路上人见人爱的大美妞。哪怕风吹得皮肤粗糙皲裂，太阳晒得整个人黝黑发亮，也阻挡不了男生们前赴后继地向幻幻献殷勤。

一行人抵达八一镇，同一天晚上幻幻就收到三个男生看电影的邀请。下不了狠心拒绝的她，只好陪着不同的人在同一家电影院看了三次同样的电影。

在青年旅舍，幻幻主动提出留下来做义工。她忙进忙出，登记旅客，管理账目，接待朋友，吸引了大把文青的目光。她穿着藏族的传统服饰，头上戴着漂亮的银饰，秀发盘成光洁的发髻，就连青旅单身多年的老板也感叹："幻幻你真美。"

幻幻赧然一笑："哪有，我快被晒成黑炭了。"

老板说："别谦虚了，过分谦虚就是过分骄傲。你看你在我们这里做义工，青旅的生意都好了很多呢。"

幻幻说："哈哈，那你要给我发工资了。"

老板认真地说："可以啊，只要你长期留在这里。你知道吗？我这里不仅缺员工，还缺一个像你一样美丽勤劳的老板娘。"

幻幻连忙摆摆手："不不不，老板你适合更好的人。"

老板说："可是在我心里，你就是最好的人啊。"

幻幻一直以来都把在路上遇到的这帮朋友当哥们儿看待。老板对她很好，她知道。老板说出那些挽留的话也是出于真心，她也知道。可是她已经不能够去轻易地相信一个人了，直到她离开拉萨的前一天，也没有再跟老板多讲过一句话。她想，我有我自己的人生，有自己的旅途，为什么要为了一个人而停步？从前吃过高富帅的亏，现在不能再重蹈覆辙，飞蛾扑火了。

这边厢，青旅老板默默地坐在幻幻最喜欢的那个位子上喝着闷酒；那边厢，幻幻骑上山地车又出发了。

5

幻幻跟我讲这些故事的时候，我正和她躺在上海某间小阁楼的同一张床上。

距离西湖初见过去了小半年，我们居然来到了同一个城市工作，还做了最最亲密的室友。这真是谁也没有想到的事情。

缘分是如此奇妙的东西。有些时候以为会一辈子在一起，可是他们最终离开了自己的生命。有些时候以为是旅途中短暂的相遇，最后却产生了如此深刻的羁绊。就像幻幻和高富帅，就像我和幻幻。人生啊，好多惊喜，好多瞬间，有好多的一见如故，也有好多的久别重逢。

我一边逛淘宝，一边说："单身这些年了，你怎么还不谈恋爱？"

幻幻说："我也想啊，可是恋爱一定要互相喜欢。"

我说："西藏的那个青旅老板，你不喜欢吗？"

幻幻说："其实我对他有那么一点感觉，可是我不知道这种感觉到底能持续多久。我离开西藏后，平时偶尔还是会和他联系。但当时萌发的一点小心思，很快地就湮灭了。"

我说："那大牛呢？"

幻幻有些不好意思："说什么呢。"

我说："我看你每天和大牛联系，脸上表情都挺甜蜜的啊。"

幻幻抓过枕头朝我扔过来，我哈哈大笑，用被子捂住了她的头。

我知道，这丫头心思有些活络了。

大牛是幻幻在骑行中认识的。和往常那些男生一样，在共同经历过一段不长不短的旅途后，无可救药地爱上了她。

但大牛显然比往常那些男生更加懂得付出。他不仅仅是在旅途中约幻幻看电影、吃饭、逛街，哪怕回到工作中来后，还记得把那份心带回来给了她。

大牛家在南京，和幻幻相距1个小时的高铁路程。幻幻喜欢那座城市，大牛就经常为她买好票安排好住宿，带着她走遍南京的大街小巷，去爬紫金山，去天文馆看星星，制造许许多多浪漫。幻幻也心满意足地享受着大牛的好，每天和对方聊微信，聊QQ，仿佛有说不完的话。经常，我下班回来洗漱睡觉，半夜醒来上厕所，还能看到幻幻坐在客厅的沙发上，嘴角抿着笑，手机亮着光。她眼睛里只写了两个字：幸福。

我常常拿大牛打趣她："你说你们认识了几个月时间，双方都有感觉，还每周约会，为什么不尝试着在一起呢？"

幻幻说："我觉得我们认识的时间还不够长。我害怕以后处不下去会后悔。"

我说："先处处再说啊，要是一直这样下去，别把对方的热情都给磨没了。"

幻幻一脸严肃地说："路小佳，我要的是一个长长久久的爱人，而不是一段短暂的露水情缘。"

我"啊"地怪叫一声："我亲爱的幻幻啊！你认识我也就是在网络上，我们熟起来才几天你就愿意帮我买机票。我们熟起来几个星期，你就能陪着我去西湖。我们才见了两三次面，你就敢和我一起来上海工作，也不怕我把你卖了。可是你为什么对大牛有这么强的戒心呢？"

幻幻说："不一样的，你是我朋友……"

我说："可是如果是爱人的话，应该更加信任才对吧？"

幻幻不说话了。

我知道，她一定是想起了她那段难以释怀的初恋。她没有办法忘记那些伤口，那个大雨天，那些郑重地说出了口却又消散在风中的承诺。

要走出来，对她而言，真的很难吧。

6

七夕节那天，我和幻幻结伴去西塘玩。在西塘，我们偶遇了大牛的朋友舟舟。

在陌生地点的偶遇确实是一个不小的惊喜。舟舟热情地请我们去饭馆吃饭，点了满桌子特色菜，还叫了一瓶姜丝煮黄酒。

席间，舟舟果然提到了大牛。他微笑着拉着女朋友的手，看着幻幻，说："幻幻啊，你什么时候也能嫁来南京呀？"

幻幻有些不自在："舟舟你说啥呢，我和大牛根本就没开始啊。"

舟舟说："我也没说你非要嫁给大牛，你瞧你，自己就把自己的心事说漏嘴了，哈哈。其实大牛真的是个好青年，又正直又努力。他很爱你，经常跟我们说起你，每天每夜都在期待着和你的下一次见面呢。"

幻幻说："嗯，可是我觉得还需要时间……"

舟舟说："爱就是爱了，哪里用得着那么多的条件。他是靠谱的人，年纪也不小了，好不容易遇到个心仪的人，我们做朋友的也希望他能早日找到自己的归宿。你看我和你姐，现在和和美美的多好。"

幻幻低下头："我知道，可是……"

舟舟说："别可是了。大牛七夕节加班，我这就跟他说，让他加完班马上来看你。"

幻幻说："不，不用麻烦他的。他工作重要。"

舟舟说："为了追到我未来的弟媳妇儿，工作早该放一边啦。"

幻幻不说话了。一顿饭，吃得各怀心思。

那天傍晚下起了大雨。我和幻幻坐在铺位上，一边给朋友写明信片，一边聊天。幻幻突然说："这雨可真大。"

我说："是啊，夏天雷阵雨就是多。前几天不是还报道有台风即将过境吗。"

幻幻垂下眼睛："让我想起了我的初恋。"

我说："好好儿的，想他做什么。来了西塘，就吃高兴，玩高兴，别的不要再多想。"

幻幻说："今天舟舟说的话，我都明白。但我心里就是有一道坎过不去。我不知道，我真的不知道……我有点害怕大牛再来找我。"

我说："怕个屁。不想见就不见，想见多大风多大雨都去见。你不是敢作敢当的女汉子吗？这多大点事，怕啥。"

幻幻叹口气，托着下巴看窗外的雨帘。

她的眉头皱得那样紧，心里一定埋藏了很多很多的辛苦和委屈吧。

第二天，我们坐着大巴车回上海。刚进市区，幻幻就接到了大牛的电话："幻幻，你在哪儿？我来苏州这边出差，想顺道过来找你。"

幻幻心慌意乱地说："你工作忙，先好好工作，下次有空再约吧。"

大牛的态度反常地强硬："不行，这次我不依你，你一定要和我见见，我有话想跟你说。"

幻幻没有再拒绝，下了大巴，就直接去了高铁站。我困得不行，回到小阁楼，倒头就睡了。

睡到天昏地暗不知道几点，我被楼梯吱嘎吱嘎的声音吵醒。我揉揉困倦的眼睛，抬头望去，是幻幻回来了。

她面色沉重，神情疲惫，手里捧着一大束玫瑰花，脸上却没有一丝笑意。

我说："收到花了怎么还不高兴？"

幻幻说："他向我表白了。小佳你先别说话，让我静静。"

我说："好。"

那天晚上，难得失眠的幻幻失眠了。后来，幻幻告诉我，她并没有答应大牛。

我说："不后悔？"

她说："我想过了，我还是得再观察观察。这种事情，我不想着急。"

我说："好。但是你也要想，对方到底能不能等你。"

7

大牛果真没有再等幻幻。

自从表白被拒，大牛主动联系幻幻的次数越来越少。

幻幻每天捏着手机等啊，等啊，等到一颗心慢慢地凉了。

幻幻说:"你看,现在的人做什么事情都这么着急。幸好我没有和大牛在一起。"

我说:"可是现在的社会节奏就是那么快,如果不快一点,也许很多机会就在不经意间从身边溜走了。"

幻幻说:"谈恋爱怎么能算机会呢?"

我说:"但在很多人眼里,谈恋爱大概不过是一场交易。"

我明白,受过伤害的幻幻对爱情始终抱有一种迟疑的态度。她对很多事情感到恐惧,比如一见钟情。但她内心深处依然是个唯爱主义者,所以她希望自己未来的对象能够经历过重重考验。她要自己的爱里不掺杂任何因素,她要对方能真诚能长久。只是这种期待,一个接一个地,在喜欢过的人身上破灭。除了失望,还能说什么呢。

幻幻愿意等那个能够治愈她的人,愿意一直等一直等。可是一直等到我离开上海,她还是没有找到理想中的对象。

直到那一天。

我刚加完班,坐在回家的地铁上。突然,她给我发来一条信息:"路小佳,我恋爱了。"

我特别激动:"喂喂喂!真的吗!你终于告别单身狗行列了?!"

她说:"那当然。"

我说:"快给我上个图!我来看看能拿下你的男人到底长什么样!"

过了两分钟,我收到她发来的图片。点开,一个白净的男生出现在眼帘。

不算高,不算富,不算帅。戴着眼镜,一脸憨厚,还长着一点奶油肚皮。他紧紧地搂着幻幻的手，站在西湖边上，笑得一脸甜蜜。

幻幻说："他是朋友介绍的，在杭州做生意。"

我说："感觉和你以前喜欢过的类型都不一样啊。"

她说："确实不太一样。我去杭州见朋友，他也在。一路上他都把我们照顾得很好，很细心。爬山的时候，会给我们备好水和卫生纸；上楼梯的时候，会贴心地走到后面怕我摔倒或者走光；点菜的时候，永远会先问我们想吃什么……你知道吗？一直以来我都在和别人的关系里扮演着一个照顾人的角色，但从来没有一个人会主动地照顾我。再后来，我就决定了，要和他在一起试试。"

我点点头："嗯。不过，你俩现在异地恋，会很辛苦吧？"

幻幻说："那倒不会。毕竟我需要自己的个人空间，我很喜欢现在的公司和工作，也很喜欢自己的生活状态。我们平时每隔一两周约次会，感觉也挺好的。"

我笑："我的女汉子终于变成小公主了。"

幻幻说："你给我滚。我可是女王大人。"

8

我每天看着她在朋友圈晒合照，晒自拍，晒各种幸福，心里也觉得暖暖的，替她感到高兴。

她和她的男友去看电影，看陈洁仪的演唱会，买烟火棒，吃海鲜，看画展，小日子过得和和美美。

突然有一天，幻幻给我打电话了："小佳，我害怕。"

我说:"怎么又害怕了?不怕不怕,你家高先生是个靠谱的人。"

幻幻的声音有点颤抖:"可是我还是害怕。我不怕他背叛我,我怕自己背叛自己。"

我说:"幻幻你别着急,慢慢说。"

幻幻深吸一口气,仿佛下了很大的决心:"小佳,我,我好像怀孕了。"

是的,幻幻怀孕了。她看到试纸上清楚的两条杠,不知道为什么,心里一半是慌乱,一半是恐惧。

她说:"你说我该怎么办?我是该打掉,还是把孩子生下来?"

我说:"你想想清楚,要是真的喜欢他,那就把孩子生下来,两个人结婚。"

她说:"我不知道。我不知道我会不会后悔。我和他相处的时间也不算长,我和他也没有真正地一起生活过。我害怕结了婚之后发现不合适,我害怕爱情慢慢地被生活消解……"

她停顿了几秒,继续说:"其实,我真的很喜欢小孩,但是我恐惧婚姻。我想,要不自己把孩子生下来,自己挣钱养他。可是,这样压力真的太大了。"

我叹气:"幻幻,你现在担心也没有用。其实这种事情,我也不好帮你做决定,毕竟关系到一个人的终身大事。我觉得你可以先找他商量一下,再决定下一步怎么做。"

幻幻有气无力地说了声"好",然后挂断了电话。

那几天,我都没有再主动联系过幻幻,我知道,她一定也需要一点空白的时间，好好想想这个问题。不论她要不要这个孩子，我都能够理解她。

当幻幻的电话再次在手机屏幕上亮起时，我迫不及待地滑动解锁："怎么样了现在？"

她的声音充满了不确定："我想，还是和他试试吧。"

我说："你们决定结婚了？"

她说："嗯。我告诉他，我怀孕了。他说如果我不想现在生孩子，就先不要，等几年。如果我想生，就结婚。选择权都在我的手上。我想，既然这样，那就结婚吧。"

我说："这样也挺好的。你什么时候去杭州？"

她说："明晚。我现在正在收拾行李，心里特别忐忑。"

我说："别忐忑了。你说过的，你是充满信心的女王。"

她说："免不了的，你懂的。"

9

幻幻辞掉工作，带着忐忑的心情，在某个夏季的雨夜，搭乘着高先生的车穿过一条又一条高速路，抵达杭州。

然后戴着小小的戒指，去了民政局，领回两张大红的结婚证书。

日子一天一天地过去，幻幻的肚子一天一天地大起来。有时候，她会跟我交流如何给新生儿选购合适的纸尿裤。我就打趣她："能不能别说这个，我隔着手机屏幕都能闻到一股屎味儿。"她说："路小佳你行，你有本事一辈子别生孩子！"

我说："孕妇少激动！我生不生孩子你管我呀。"

她气呼呼地回嘴："以后我生了孩子就不给你抱。"

我偷偷地笑了。

现在啊，幻幻每天的生活就是写写字，看看书，拍拍照片。她找了一份兼职，做新媒体推广，继续着自己喜欢的工作。我问她："同居生活感觉怎么样？"

她说："挺好的。我很好，宝宝很好，高先生也很好。"

我说："你不害怕了？"

她说："不害怕了。有什么好怕的？天塌下来他给我撑着。"

每隔一周，她就会给我发来一张照片，记录自己孕期的体型和变化。照片上的她，无一例外地带着幸福恬静的微笑。

她说："高先生说我属狗，每天不拉出去遛遛就哼哼唧唧的。"

她说："高先生给我买了一张躺椅，说我腰不好，坐着比较舒服。"

她说："高先生家里托人给我带来了自己养的土鸡，那个味道真是太棒了。"

她说："高先生和我从来不吵架。有时候闹小矛盾，也是马上和好。"

她说："高先生真的是个很好的男人。我爱他。"

我亲爱的幻幻，终于放下了防备，打开了心窗。

谁说爱情就只有一见钟情天崩地裂得轰轰烈烈？谁说爱情路布满了荆棘布满了雷雨泥泞又漫长？爱情里除了谎言，除了欺骗，还有更多的甜蜜，更多的细水流深。有的时候，或许你并没有在第一眼里就把他划分成那个特别的人，唯一的人，命中注定的人。我们之间，从来没有偶像剧的狗血场景，也从来没有电影的惊心动魄，就让时间带着我们走，慢慢地走，共同经历柴米油盐，共同经过岁月的无声静默。走到后来我终于确认，你是无可替代，你是独一无二，哪怕你并没有为我许下山盟海誓，指天画地的承诺。但只需要一个眼神，你就会明白，我们之间已经拥有了那份专属于爱情的舒适却不尴尬的沉默。

不能带你去

1

夏妙甜从苏州回来后，整个人就陷入了一种茫然状态。

叫她一起吃饭，她说不；约她一起去自习，她说不，就连拖着她说逛逛街，也是有气无力地说："哎呀，别叫我了，我真的哪里都不想去。"

就连电话响了，她也不接。抓到手里瞄一眼，立马又放下。到后来干脆把手机调成了静音还塞到了被子里。

我问她："你到底是怎么了？谁打来的电话啊？"

夏妙甜还是一脸不耐烦："老黄啊。"

"老黄你也不接？这不科学。以前不都是他一叫你你就过去找他吗？"

夏妙甜终于缓慢地转过身，面无表情地说："当然不接。我已经和他分手了。"

2

老黄 2005 年大学毕业，来北京工作生活了七年，日子过得说好不好，说坏也不坏。夏妙甜和他在一次朋友聚会中认识，互留了手机号加了好友，不咸不淡地聊过几次。

那年春天，老黄邀夏妙甜和一个朋友一起去玉渊潭看樱花，看完樱花坐地铁回校，人很多，夏妙甜有点站不稳。老黄自然而然地牵住了夏妙甜的手，她竟然也没有挣开。就这样，两个人莫名其妙地在一起了。

夏妙甜恋爱以后，我就不怎么在宿舍看到她。老黄平时工作忙，经常是夏妙甜下课后去找他，然后在老黄办公楼楼下随便吃个快餐，再坐车回来。北京太大，来回这么一折腾，天就黑了。

我说："夏妙甜你干吗不让老黄来找你，宿舍姐妹们也想见见老黄啊。"

夏妙甜支支吾吾地说："老黄，他，他工作忙。"

我说："工作再忙总能抽个空出来和你朋友吃个饭认识一下吧，把你给拐走也不带跟娘家人说一声的。"

夏妙甜说："其实我跟他说过，但是他好像不是很乐意。"

我很奇怪："为啥不乐意？"

夏妙甜说："他觉得都不认识，一起吃饭一起玩总觉得尴尬。"

我说："这逻辑真是醉人。他和你见面之前难道就和你很熟了？"

夏妙甜也有些不好意思了："我再和他说说，争取这个周末跟大家见个面。"

星期一过去，星期二过去，直到星期五过去，夏妙甜依旧每晚坐着车去找老黄，老黄依旧没有发话邀请我们聚会。星期六早上，我被夏妙甜起床梳洗的声音吵醒，迷迷糊糊坐起来问她："妙子，好不容易熬到周末，不睡懒觉起那么早干什么？"

夏妙甜叹了口气："和老黄约了看电影。"

我说："这么早，去哪儿看啊？电影院不是还没开门营业吗。"

夏妙甜说："去他那边看。过去路上一个小时，到那边刚好十点，可以看上午场，便宜。"

我语塞："行，你去吧。注意安全。"

夏妙甜小声地"嗯"了一声。看着她穿好鞋子准备出门，我忍不住还是提醒了一句："妙子，谈恋爱也别太委屈自己。"

3

宿舍的姐妹们都不太喜欢老黄那品行，可夏妙甜还是一如既往地对他好。给他买衣服，帮他洗袜子，陪他吃饭。我问她："你到底看上老黄啥了？"

夏妙甜说："我也不知道，就觉得这个人看起来挺实在的。虽然他有点古板，但既然已经在一起了，那就好好在一起吧。"

我说："你看咱们学校别的姑娘谈恋爱，男朋友又是带着一起玩又是吃大餐又是送花的，再穷也不至于像他那样吧？"

夏妙甜说："没有没有，他还好了，可能是比较会过日子吧。上次我去找他，他还送了我一朵玫瑰花。"

我说："得了吧妙子，这也能叫会过日子？我咋觉得是抠呢。"

尽管被宿舍的小伙伴们吐槽了无数次，夏妙甜依然继续着和老黄的恋爱关系。直到前些时候，我们准备完考试，打算约她一起唱K，她还摆摆手，说："不了。我答应了老黄，陪他回家见见他爸妈。"

我们以为这傻妹子真的要跟着老黄一条道走到黑了，没想到的是，夏妙甜竟然告诉我们她和老黄分手了。

4

其实，夏妙甜老早就买好了去老黄家里的火车票，但老黄临时有事要推迟，于是她改签车票，决定先去苏州玩玩。

她拖着大大的行李箱，轮子咵溜溜地滚过平江路的石板桥，一路找旅馆找住宿。

悲剧的是，由于恰逢中秋，算旅游旺季，所有的旅馆床位早早地就被订满，夏妙甜从头打听到尾也没能找到能入住的地方。

抱着试试看的心态，她敲响了最后一家旅馆的门。前台接待的小姑娘用软糯好听的普通话说："不好意思，小姐，我们的单人间已经被订完了。"

夏妙甜垂头丧气，正准备往外走，却被一个男生拉住了袖口："别找了。实在找不到房间，就和我一起住吧。"

夏妙甜受到了惊吓："大哥你别逗我，我不是那种人。"

男生扑哧一声笑了："知道你不是那种人。我也是刚到这边，只剩最后一个标间了。之前有看到你拖着箱子一家一家旅馆找过来，应该也挺累的，所以想问问你介不介意和我一起睡标间，还可以帮我分摊一下房费呢。如果你不能接受，就再去市区找找吧，但这个季节估计不预订很难找到。"

夏妙甜抬起头，看着面前男生诚恳的脸，不由自主地点了点头。

就这样，夏妙甜和陌生的男生住到了一起，成为了室友。

男生叫刘巍，也是独自跑出来玩的。公司放年假，宅在家里挺无聊，听说江南秋天很美，就买了当天的机票飞往上海，再坐高铁到苏州。他随身带着一个大号登山包，装得鼓鼓囊囊的。夏妙甜忍不住问他："刘巍，你这包里都装的是什么呀？"

刘巍没有答话，只是把包里的东西拆开来一样一样拿给夏妙甜看：三双帆布鞋，两套衣服，还有各种各样乱七八糟的生活用品。夏妙甜说："一个人出来，没必要准备这么多的。"

刘巍说："我这次出来，时间比较充裕，所以打算多走走。"

夏妙甜点点头，没说话。刘巍收拾好东西，又烧了点开水喝，喝完揉揉脸，对夏妙甜说："走吧。"

夏妙甜疑惑："走？走去哪儿？"

刘巍咧着嘴笑，露出一排白亮的牙齿："去玩儿。反正你也一个人，我也一个人，结个伴多好。"

夏妙甜说："噢，好。"

然后她就这么跟着刘巍走了。

5

夏妙甜属于那种比较没有主见的姑娘。她有很强烈的选择恐惧症，一旦遇到纠结的事情，就祈祷着能有个人帮她选。除此之外，夏妙甜还是个认死理的姑娘。她很少懊悔，喜欢在一棵树上吊死。

比如现在，从认识刘巍到跟着他走，前前后后时间加起来也不过五个小时，但是夏妙甜已经对他产生了深深的信赖。

去哪里，吃什么，刘巍样样先问夏妙甜。点的菜夏妙甜不喜欢，马上叫服务员来换一样。跟着散客团坐船太累，干脆直接脱团先休息。每一件事，刘巍都安排得很妥当。夏妙甜很久没有这样开心过了，她大声地笑，大声地说话，走在路上就忍不住轻快地蹦蹦跳跳。

两个人玩累了，回到旅馆，在院子中间的石桌旁坐着发呆。刘巍突然问："妙子，你为什么一个人出来？"

夏妙说："男朋友加班呢。"

刘巍说："他让你自己出门，放心吗？"

夏妙说："有什么不放心的。"

刘巍叹口气："妙子，谈恋爱别太委屈自己。"

夏妙有点心塞："为什么你们都这么说？你这么说，我室友也这么说。"

刘巍说："以前我当兵，女朋友来找我，我都能死活请到假陪她玩玩看看。虽然现在和女朋友分手了，但只要她有事，我一定帮忙。女生应该是被人宠的，不应该像你和他这样。"

夏妙甜不吱声，只是翻看着自己的手机。

确实，从抵达苏州，到现在，老黄都没有给她发过半个字，也没有给她打过电话。好像自己在外有没有地方住、会不会有危险都无关紧要。

刘巍说："妙子，那个男生到底有什么好？"

夏妙甜说："刘巍，别问我了，我想喝酒。"

刘巍二话不说地从隔壁小超市搬了一打啤酒。他先开了一听递给夏妙甜，然后给自己也开了一听："你不想说，那换我来说。我女朋友和我从高中就认识了，谈了好多年，我喜欢叫她丫头。我们都很爱对方，挺过了老师的反对，挺过了当兵异地三年，却没有挺过现实这一关。她家里嫌我学历低，死活不同意。我和她连分手都没有好好儿说，就这么断了联系。我有时候真的好想她。这次出来，是因为她结婚了。我看到她朋友圈发的结婚照，笑得那么甜蜜那么好。我心里不是滋味，想四处走走散散心，结果在旅店门口碰到了你。"

夏妙甜说："哦。"

刘巍说："我带着的那些东西，每一样都是她陪我买的。我想她不在我身边，那么就让这些东西在我身边陪着我吧。看到你的第一眼，我就觉得你很像她。傻傻呆呆，不谙世事。我怕你一个女孩子出门各种事情不好处理，所以哪怕我们只是萍水相逢，我也主动提出来陪陪你。"

夏妙甜说："哦。"

刘巍说："除了哦你还会说什么？"

夏妙甜说："还会哭。"

然后她真的哭了，一边哭一边往嘴里灌酒。她说："我也不知道我喜欢老黄什么，一直以来我觉得我都是在将就。将就着和他谈恋爱，将就着他上班，将就着他的各种生活习惯。我好像不知道什么才是爱。老黄他不是坏人，可是我总是心里不安。毕竟一年多了，时间不长，也绝对不算短。"

刘巍安静地听着面前的这个小姑娘痛哭流涕地诉苦，没有去阻止她，只是一张接着一张地给她递卫生纸擦眼泪。

"可是他叫我毕业就和他结婚，他要带我去他家见他父母，我觉得他和我在一起就是为了找个媳妇。他对我一点也不好，从来不会过问我的感受，从来不会考虑我的想法。这样的日子我真的受够了，刘巍，我受够了。"

夏妙甜继续发酒疯，头发被眼泪打湿，贴在脸颊旁，脑袋往刘巍肩膀上一放。

"是啊，我就是蠢，我就是一棵树上吊死的那种傻逼……可是，可是我也想要爱，我也想要人宠，我也是个需要照顾的人啊……"夏妙甜哭累了说累了，声音渐渐地小了。刘巍小心翼翼地抽出自己的胳膊，轻手轻脚跑回房，拿了外套，温柔地披到她单薄的身上。

6

清晨的第一缕阳光射进房门，桌子上飘来了馄饨的香气。夏妙甜揉揉眼睛支起身，刘巍已经起床了。

他的笑容还是那样让人安心："快起来吃点东西，昨晚喝酒了胃会难受的。"

夏妙甜坐到桌子旁，拿起勺子一口一口地吃着。

刘巍说："妙子，今天想去哪儿玩？"

夏妙甜拿勺子的手微微停顿了一下："今天……今天下午我就要走了。"

刘巍有些惊讶："走？去哪儿？"

夏妙甜说："去男友老家啊。"

刘巍点点头："什么时候的票？"

夏妙甜说："晚上。"

刘巍说："白天我再带你去附近转转。我发现了一条老街，里面有好多好玩的东西！我们可以租个单车骑着过去。"

夏妙甜机械地点点头。

秋日江南，阳光，树荫，微风，桂花香，一切都美好得说不出。

虽然两个人心里都有事，但这样美好的天气又怎么能够辜负？

上坡，下坡，风呼呼地掠过脸颊。刘巍骑车速度很快，在一个急转弯处车身一晃，差点摔倒。夏妙甜惊叫一声，随即自然而然地搂住了刘巍的腰。

刘巍的背影微微一僵："丫头，没摔着吧？"

夏妙甜说："嗯？"

刘巍说："丫头你抱紧我，前面还有个陡坡。"

夏妙甜张张嘴，想说什么话又一时口干舌燥说不出来，只好任由刘巍带着她风驰电掣地穿过一条又一条小巷。

抵达目的地后，夏妙甜瞪大了眼睛。红木、古物、旧货，摆满了整条街道。行人不多，很安静，适合情侣们慢慢地散步，细细地逛。

刘巍的鼻梁上都沁出了汗。一辆电瓶车从他俩身边擦过，夏妙甜也跟着打了个趔趄。刘巍很自然地拉起了她的手。

"丫头，你当心点。"

夏妙甜看看刘巍紧张到发红的脸庞，没有说话。她突然想起了那年春天，从玉渊潭看完樱花回学校的那个晚上。

那个晚上之前，她从未想过会和老黄这样的男生产生任何交集，她也不知道以后的日子里老黄会给她带来多少烦恼。而现在，刘巍清清爽爽地站在她的身旁，抓着她的手，他们像情侣一样走在这条安静的老街上。

她从来没有问过刘巍关于他和丫头的故事，她也没有甩掉刘巍汗津津的温暖的手。她甚至回握了一下刘巍，然后两个人很有默契地彼此沉默。

沉默地被刘巍牵着走过老街，沉默地在路边摊上驻足，沉默地翻看着泛黄的旧书和旧唱片套。

沉默地在行道树斑驳的光影下亲吻了彼此的脸颊。

沉默得好像一对真正的情侣，岁月静好。

7

刘巍送夏妙甜去车站的时候，自己也背了个大包。

夏妙甜忍不住问："你背包干什么？"

刘巍笑："把不要的那些记忆，统统丢掉。"

夏妙甜说："舍得吗？和她那么多年感情，真的能说放就放？"

刘巍说："舍不得也要舍得。我现在送你上车，和你告别，就当是我和她告别。我和她分手的时候没有善终，现在，你给我补上了一个结局。"

夏妙甜艰难地牵起嘴角："是吗？"

刘巍弹了一下夏妙甜的脑门儿："是啊。妙子，你也要开开心心的。既然决定跟老黄回家，那就放松心情。以后的事，以后再想。未来还长着呢，你好好念书，我好好工作。说不定，还会有再见的一天。"

话毕，刘巍亲了亲夏妙甜。这一次，他亲吻的是她的眼睛。

"一路幸福！"刘巍说。话音刚落，就红了眼眶。

"你也是！"夏妙甜一步一回头地往验票处走。刘巍的身影越来越小，小到后来，就看不到了。

她摸摸自己的脸，摸摸自己的眼睛，好像还留着刘巍嘴唇的温度。她想，刘巍大概一辈子都不会知道，自己偷偷地改签了车票。她跟老黄说了分手，因为她终于知道了什么样的恋爱才是恋爱，什么样的相处才最舒服，什么样的男生，才和自己适合。

她给老黄打电话："老黄，我们分手吧。"

老黄诧愕地说："什么？"

她冷静地说："我已经明白了，你其实根本不爱我。你只是急着要找个姑娘结婚，那个人是不是我一点也不重要。你承认吗？"

老黄语塞："一开始是这样的，可是后来你变得很重要。"

她笑："一开始我把你看得很重要，可惜现在，你已经不再重要。我们真的不适合。"

夏妙甜挂断了电话，列车轰隆隆地驶出站台。她的手指在手机屏幕上停留了好久，终于删掉了两个号码。

一个是老黄的，一个是刘巍的。

从今往后，再也不要见面了吧。

8

"所以你为什么不干脆和刘巍在一起？"我把夏妙甜拖起来，很三八地问，"听上去他其实挺喜欢你的，你也喜欢他。"

"我为什么要和他在一起？其实我们都清楚彼此爱的人是谁。我喜欢刘巍的是他带我体会了一下什么叫被宠爱，刘巍喜欢的是我代替他前女友还了他一个完整的收尾。能够做对方的解药，已经足够了。要知道，喜欢不是爱，互相有好感更加不是爱。现在的我，坐了那么长时间的火车过后，只想好好地睡一觉。"

几乎每个人都有一种神奇的力量。

有的人，让你学会把感情像市场一样无限细分。

认识他们之前，你的世界里只有爱或者不爱；认识他们之后，你才发现，原来还有适合与不适合。

有的人，则属于治愈系，能立竿见影地医好你的各种强迫、焦虑和悲伤。

只是旅途中的艳遇，终究不过是好梦一场。

我喜欢你，可是我不够爱你。

你看，我们有那么远的未来，但我都不能带你去。

源 氏 物 语

1

阿源是个老好人。

我离家出走的时候，阿源帮我扛被子，给我他的新房钥匙。我喝多了的时候，阿源把我从桌子下面捡起来放回椅子上。我跟阿源的朋友争吵的时候，阿源也从不为谁帮腔。阿源总是那个样子，笑眯眯的，对所有人一碗水端平。骑着他的小电驴，眼睛小到一弯起来就看不到眼白。

我说："阿源，你人真好，就是长得难看。"

阿源说："还好我家妹子好看。"

我说："对对对，你家妹子真好看。就是不知道什么时候你家妹子给你发好人卡。"

阿源说："去去去，你这个乌鸦嘴。你赶紧的狗带！"

我说："啥子哦，你龟儿不准咒老子，你个仙人板板。"

阿源说:"什么?"

我说:"哦,不好意思,我一着急就说四川话。我刚才是说,没啥,你的妹子像仙女一样美,你是个好人,板上钉钉的。"

阿源说:"哈哈,我家妹子跟你一样,一着急就说四川话。谢谢你的夸奖!谢谢啊!"

2

阿源的妹子叫小月亮,是成都人,拥有一切成都妹子的自带属性,白白嫩嫩、水水灵灵、泼泼辣辣的。

小月亮和阿源在网上认识。她高三毕业,填报志愿不久,被阿源母校录取。

第一次远离家乡去合肥求学,自然心里不踏实,想找个学长赚点经验值。刚好阿源在校友群里对着一帮愣头青们谆谆教导,就这么和小月亮认识了。

那时候的阿源,已经从学校出来工作好几年,从天津,到上海,风尘仆仆,一脸沧桑。

我说:"阿源你不要脸,你勾搭小姑娘。"

阿源一脸甜蜜地握着小月亮的手:"哪有,我们是你情我愿的。"

我说:"你胡子拉碴,鱼尾纹泛滥,也亏得小月亮不嫌弃你。"

小月亮说:"他是个老好人,我嫌弃也没得办法。这个朋友要都要了,姐你说咋整嘛。"

我说:"阿源,听听看,听听看,可有危机感?"

阿源说："什么？"

我说："哦，小月亮说你是个好人，是个好男朋友。你对她很好，对她的朋友也很好，不会整人。她不嫌弃你。"

3

是啊，阿源是个好男朋友。他本本分分地做着男朋友应该做的一切，比如提醒小月亮天冷加衣，比如陪小月亮到处寻觅好吃的，比如小月亮生病了就带着她去医院打针输液，倍加呵护。

只是我时不时地会产生疑惑："小月亮和你岁数相差这么多，你们有共同语言吗？"

阿源很自信地说："当然有。没有的话，也能培养啊！"

我说："你都是怎么培养她的？要是培养可行，我现在立马回去跟对象说分手，再来养成一个帅气萌系小正太。"

阿源说："就是经常一起看电影，看书，听音乐，看演出……"

我说："这么文艺？"

阿源说："人不文艺一点，活着还有什么意义？"

于是，他跟小月亮成天腻在一起。

小月亮想吃蛋糕，阿源就立马冒着雨跑去蛋糕店买。

小月亮喜欢吉他，阿源就给她买个尤克里里，仗着自己多年以前弹过贝斯，半吊子地教她怎么按和弦，怎么看谱子。

小月亮想看演出，阿源就带着她去 on the way，一边用胳膊搂着她保护她不被 pogo（摇滚音乐的狂热现场活动）的人群挤得七荤八素，一边絮絮叨叨地跟她分析你看乐队这个琴是什么牌子的，你看人家那扫弦姿态多漂亮，你看乐队女主唱穿得多 shining（华丽），但是你就不许穿得这么 shining，因为你还是学生妹，你要乖乖的哟！演出可以看，但你不准跟着那帮玩摇滚的变坏了。

小月亮坐火车，阿源也要啰唆几句："当心怪蜀黍，一定要穿外套，千万不能感冒了。"

全方位无死角地关心加爱护。

我时常吐槽他："你说你究竟是小月亮男朋友，还是小月亮她爹啊？"

阿源瞪着眼睛说："当然是男朋友！"

我说："阿源你别瞪眼睛了，真的好丑。"

小月亮说："哈哈哈哈哈哈，大叔，我觉得小佳说得对。有时候，我觉得你跟我爹似的。至于长相……别的不说，你可以去割个双眼皮嘛！"

阿源说："你跟着小佳都学坏了！别老找她玩，老跟她说话，她不正经的。"

小月亮说："狗东西，老娘喜欢，你管个球。"

阿源的表情："？？？"

我说："你妹子说，想买条狗来养，比较可爱，她和她妈估计看了都喜欢。你只需要给狗买个球，它就可以自娱自乐地玩耍，挺方便的。"

4

那次聚餐过后，阿源果然就养起了小动物。

小动物毛茸茸的一团，成天在地板上滚来滚去，像个小雪球。小月亮给她取名雪糕。

小月亮："雪糕雪糕！"

雪糕："喵～"

小月亮："喵喵！"

雪糕："喵喵喵！"

小月亮："阿源，雪糕说，下午想去打电动，找朋友排练，然后逛街，买衣服。"

阿源说："可是逛街多没意思，还是在家里看电影吧。"

小月亮嘟起了嘴，不说话了。

阿源说："有空陪我练练琴多好。别不高兴了，我最近写了一首歌，我来唱给你听！"

然后阿源屁颠屁颠地把吉他袋子从卧室里拎出来，坐到沙发上，腿一翘，开始唱歌。

5

偶尔地，小月亮会找我吐槽："姐我给你说嘛，我觉得阿源好无聊哦！"

我说："怎么了？"

小月亮说："就还是你说过的那样子嘛，他比较像我老汉儿，不像我小伙子。"

我找到阿源，说："阿源，你不要这样。小月亮想出去玩玩，想买点衣服，想打打游戏，想跟朋友玩乐队，你都顺着她点，年轻姑娘谁愿意天天在家窝里蹲。"

阿源很委屈："可是，可是她还小，我得带她做点有意义的事情。"

我说："不是只有你喜欢的事情，才是有意义的事情啊。"

阿源说："可是……"

我说："别可是了。你家雪糕在躁动，你看，要不要给它来点猫薄荷？"

阿源说："真的哎！哪里有卖猫薄荷的？"

我说："我现在就带了一点。"

我把猫薄荷从包里拿出来，看着阿源蹲在猫食盆旁边往猫粮里加作料，还被雪糕狠狠地挠，就说："这猫看起来比上次大了不少了。长得真快！"

阿源说："是啊！"

我说："小月亮感觉也长大了，哈哈。"

阿源说："必须的啊！跟她在一起快一年了，她当然有变化。"

我说："小月亮挺好的，你好好把握。你过去比她多很多经验，不管是学校里的还是社会上的。现在呢，她自己也明白了不少，经历了不少。她快要赶上你了，你要加油。"

阿源说："好。"

6

雪糕一天比一天肥硕，小月亮一天比一天成熟。

她已经不再是那个独自提着沉重的行李箱爬上火车卧铺，一边想家一边对未知的未来感到害怕，偷偷摸摸掉眼泪的小姑娘了。

她组了自己的乐队，穿上 blingbling（闪闪）的裙子，握着话筒挎着吉他，成了朋克女王。

我说："小月亮你可以啊，又做主唱又做吉他手。阿源以前的梦想你算是提前给实现了。"

她说："哎呀，姐，你快别说阿源了。他经常说我不该背着他玩乐队，还说我写的歌孬。每次听到我心头都鬼火冒。"

我说："他是文艺青年嘛，口味比较挑剔。"

她说："我还是需要鼓励的撒，有本事他也去写歌也去搞乐队啊！"

我说："他不是给你写过歌吗？"

她说："听不得他写的那些鬼眉鬼眼的东西。用一个词形容就是娘炮！"

我说："那也是他用心为你写的，你要理解。"

她说："哼，反正我不喜欢。"

小月亮不喜欢的不仅是阿源写的歌，还有阿源这个人本身。

当她适应了这个原本陌生的城市，带着她去熟悉一切的那个人就好像变得可有可无了。

阿源的好，在她看来，都像是累赘。

每个周末，小月亮还是会去阿源家坐坐。不过小月亮关注的重点，已经完完全全地转移到了雪糕的身上。

阿源说："小月亮，我真想你。"

小月亮看着雪糕说："喵？"

雪糕："喵～"

阿源说："你平时不要太累了，乐队排练到那么晚，也该好好休息。游戏就别打了。"

小月亮继续装傻："喵喵～"

雪糕："喵喵喵……"

阿源说："小月亮，你到底有没有听我讲话？"

小月亮不耐烦地抬起头："好了好了我知道了，大叔，你话可真多。"

阿源说："我这是在关心你。"

小月亮说："可是我不需要你的关心。我需要一个人陪我一起做我喜欢的事情。"

阿源说："我有陪你看演出看电影啊。"

小月亮说："我更喜欢的是和自己的乐队演出、逛街、打游戏。"

阿源说："那我下次陪你去乐队排练、逛街、打游戏吧？"

小月亮看着阿源，缓慢地说："但已经有人陪着我去乐队排练、逛街、打游戏了。"

7

阿源果然收到了一张好人卡，是小月亮发给他的。

失恋的阿源仍然试图做出挽留。他继续每天对小月亮嘘寒问暖，继续在短信和微信里显示对小月亮的关心，他对每一个安慰他的朋友说："我真的不知道为什么小月亮要离开我。我那么爱她，在她刚到合肥的时候无微不至地照顾她，我教她学吉他，陪她看演出，带她看电影，她生病的时候我马上请假赶到她身边。可是最后，我在她眼里，竟然还不如我的雪糕。"

阿源喝着啤酒，眼眶里含着眼泪。

"我听说，她和她乐队里的鼓手在一起了。他们是一个学校的。那个男生有什么好？没房子，没车子，幼稚冲动。我想不通！"

阿源把手里的啤酒罐扔到马路上，罐子滚动了几下，发出空洞的回音。

"我以为她是个需要人带着走路的小姑娘，所以我总是告诉她应该怎么样，不应该怎么样。原来她早就不是当初的那个她了。"

阿源大醉，冬雨绵绵，洒在人身上，几乎没有感觉。

可是那种刻骨的湿冷，却结结实实地冰住了阿源的心。

我问小月亮："和阿源分手真的想清楚了吗？"

小月亮笃定："肯定想清楚了嘛。其实我早就说过，他像我老汉儿，不像我小伙子。而且，长得难看还话多。"

她还说："自从我跟他分手过后，我觉得自在多了。我想pogo就去和大家挤成一块儿，我想穿成什么样子就穿成什么样子，我想和别人聊八卦我就去聊八卦，想逛街就逛街，想打游戏就打游戏。

当然，我最想做的还是我自己的乐队，不管有多幼稚有多不专业，也是我自己的孩子。我爱我现在的生活，我不需要人来指指点点。姐，你懂我吗？你能理解我吗？"

我说："可惜了雪糕。"

小月亮："嗯？"

我说："雪糕这下成了单亲家庭的孩子了……"

小月亮："那你多替我去看看它。顺便告诉它老汉儿，不要再来找我，不要再给我发短信、发微信，不要再在公开的社交平台上写那些酸溜溜的话。"

我说："人家写点酸溜溜的话也不行？"

小月亮斩钉截铁地说："不行。搞得好像我始乱终弃一样。"

我说："你这不叫始乱终弃？"

小月亮翻个白眼："我这叫天要下雨，女要嫁人，随他去吧。"

8

萝莉有三好，清音柔体易推倒。所以千千万万的男人，都喜欢萝莉这种生物，还能顺便过一把当人生导师的瘾。

可惜不是所有的人都是光源氏，可以随心所欲玩养成，养出个温柔善良的紫姬来当老婆。

更多的，是把萝莉养成了御姐，爱啤酒，爱摇滚，有个性，吃嫩草。然后你，悲哀地成为了炮灰，被她甩掉。

时间过去了一载又一载，你还留在原地，她却已经在你不知不觉中远去。

因为你从来把她当作小孩，不知道每朵花都有自己的姿态。

因为她对你的爱，也许不过是依赖。

而没有相爱过的爱，只是一场类似崇拜的 YY。

是软弱，是看破

1

陆洲结婚那天，十三给他打电话。陆洲的声音带着哭腔："我还没做好准备，我还不想当爹啊！"

十三翻个白眼，恨不得隔着电话线去敲他的头："好啦好啦，事已至此，木已成舟。阿沁是个好姑娘，你好好对她。"

陆洲说："可是……"

十三打断他："闭嘴吧你。要珍惜眼前人呀！"

陆洲和十三认识很多年了，从高中，到现在，满打满算的有九年。

阿沁和陆洲认识的时间比这还长。但是，陆洲好像并不怎么喜欢这个姑娘。

虽然已经结了婚，生了小孩，陆洲对阿沁的态度还是不咸不淡的。

只要听到有关十三的消息，陆洲就跟打了鸡血一样，立马推掉各种邀约，一心准备和十三见面。

而阿沁呢？只好叹口气，抱着女儿，站在客厅里发呆。

女儿快半岁了，陆洲却依然没有个为人父的正经样儿。所有的担子，都落到了阿沁头上。

有时候，我会偷偷地问阿沁："后悔不？"

阿沁却总是摇摇头，说："有什么好后悔的。"

我说："我老感觉陆洲没啥责任心，有时候就像个长不大的小孩。"

阿沁说："没关系，我早就习惯了。"

2

阿沁是陆洲的初恋。那一年，阿沁十四岁，陆洲十七岁。

两个人都是还在念高中的小孩。女生看多了爱情小说，偷偷地喜欢上了陆洲。然而陆洲就像根木头似的，对女生的各种小心思小动作无动于衷。

时间一长，阿沁有点按捺不住。在一个陆洲准备翻门逃课去网吧打游戏的晚上，拦住了他。

阿沁说："陆洲，我喜欢你，你做我男朋友吧。"

陆洲涨红了脸，有些羞怯："你别开玩笑啊。"

阿沁把手里的袋子交给陆洲："我认真的。你小心点，别被班主任抓住！"

陆洲点头："哦。"

当陆洲逃过学校保卫科的追捕，顺利地在网吧椅子上落座，这才想起来阿沁给的袋子。

打开一看，各种好吃的小零食都在里面。

果冻、曲奇饼、薯条……陆洲和几个哥们儿吃得不亦乐乎。

打完游戏回学校，陆洲才想起还没有给女生答复。纠结了半天，直到肥佬拍了拍他的肩膀："愣什么呢？赶紧答应啊。"

陆洲抬起头，认真地问肥佬："为什么要答应她？"

肥佬没好气地说："阿沁长得漂亮，又舍得给你买吃的。你答应了她，以后大家都有得吃了。"

陆洲说："这好像有点不太好吧？我又不喜欢……"

话没说完，对上了阿沁那双闪亮的眼睛："你想好没？"

陆洲看着阿沁明艳动人的脸，和 T 恤领口露出的一片白花花的风景，把剩下的半句话和着口水咽了下去。

3

就这样，阿沁和陆洲在一起了。

可惜两个人外貌虽然般配，内心世界却总不在一条线上。

阿沁是个二次元的妹子，喜欢 cosplay，喜欢宅，喜欢看言情小说。

陆洲却不折不扣地热爱着三次元，喜欢打球，喜欢运动。

他俩唯一的共同爱好就是打游戏，但阿沁爱玩养成，陆洲爱打 dota。只要是约会，地点一般都在网吧。各自充个二十来块钱，玩到没费，再手牵手一起走回去。

时间一长，陆洲就觉得内心空虚。

内心空虚的陆洲越来越不想学习，成绩也越来越差。最后，无可奈何地留了级。

留级的陆洲一不小心遇到了活泼二逼的十三，从此坠入爱河。阿沁的喜欢，反而成了他的负担。

于是，对阿沁日渐敷衍。阿沁自然也不是笨蛋，明白陆洲已经心有所属，大大方方找到他，说："陆洲，我们分手吧。"

陆洲的头点得那叫一个快。不用再勉强自己面对阿沁，也不用主动提分手当坏人。他总算是松了一口气。

这一头，陆洲和阿沁分手。那一头，阿沁就和肥佬好上了，让朋友们大跌眼镜。

4

我经常问阿沁："你为什么要选择肥佬？"

阿沁闷闷地不想说话，最后吐出一句："因为他跟陆洲是好朋友。"

因为肥佬和陆洲关系好，所以肥佬和陆洲聚会的机会会很多。所以就算是和陆洲吹了，也能经常和对方见面。所以阿沁要跟肥佬谈恋爱。

我苦口婆心地劝她："算了吧，这样对肥佬也不公平。"

阿沁淡淡地说："哪里有不公平？他自己其实心知肚明我最喜欢的人是谁。既然是心甘情愿，那我也不算玩弄感情。"

对待不喜欢的人，阿沁一向是黑白分明。只可怜肥佬，成天屁颠屁颠地在阿沁面前献殷勤，却始终不能换回阿沁的真心。

阿沁再和陆洲相见，已经是快要毕业的关头。

她问陆洲："你以后会去哪里读书？"

陆洲说："不知道。我的成绩太差了，去哪所学校都是一样的，总之逃不掉是专科。嗯，硬要说具体地点的话，大概十三去哪儿，我就去哪儿吧。"

阿沁咬咬牙："好，我明白了。"

然后去加十三的 QQ。

十三并不知道对方具体是谁，只知道是同一个学校的学姐。一来二去聊熟了，也会聊聊未来。

阿沁问得直白："十三，你想去哪儿读书？"

十三说："也许就在成都吧。"

第二天，阿沁的志愿表就交了上去。清一色的成都高校。

5

阿沁念大学的时候，和肥佬分手了。

既然没办法通过肥佬跟陆洲见面，那么肥佬于自己而言就没有了利用价值。这个原因真的很好理解。

但肥佬就觉得阿沁心狠。肥佬时不时去找陆洲喝酒撸串，顺便诉苦："哎呀，你说那个阿沁。仗着自己家有钱，就这样随便糟蹋别人的真心？"

陆洲笑笑，摇摇头："阿沁好像也没有你说的那么糟糕。她啊，被家里保护得太好，像是个活在二次元的人。想做什么，就去做了。或许她的做法不妥，自己根本意识不到。"

肥佬一拳打在陆洲胸口："是不是好兄弟了？阿沁和你分手这么久，你还在帮她说话。"

肥佬不知道，阿沁糟蹋着自己的真心，陆洲也在糟蹋她的。

阿沁在成都，经常去找陆洲，请他吃饭、看电影、唱K、打游戏，还给陆洲充话费。

那时候，十三食了言，扔下陆洲一个人去了北京念书。平时两个人见面机会太少，电话成了最好的沟通工具，就是漫游费太贵，一个电话就能打到陆洲停机。陆洲有了阿沁充的话费，就给十三打电话，俏皮话一句接一句。

阿沁站在一旁安静地听着，心里一片惨然。

陆洲说："十三啊，你什么时候回来？"

十三说："下周末。你来接我吗？"

陆洲说："必须来！"

十三说："一言为定哦！"

陆洲挂了电话，愉悦的心情溢于言表。阿沁呢？默默地记下了十三回川的日期，准备抢先一步，约十三吃饭，顺便摊牌。

在这之前，她都没有和十三见过面。她捏着手心里的一把汗，在小饭馆里坐着等。

十三迟到了几分钟，小跑着进门，一边喘气，一边跟阿沁道歉。

说了几句寒暄的话，又点了几个都喜欢吃的菜。阿沁往十三杯子里倒啤酒，也给自己倒了一杯，单刀直入："十三，有些话我想告诉你很久了。"

十三夹了一筷子豆腐丝，往嘴里塞："嗯？"

阿沁说："你知不知道，其实我就是陆洲的初恋？"

十三费力地把嘴里的食物咽下去，眼睛鼓鼓的："啊？！"

阿沁努力保持平静的表情："而且，我爱他，绝对比你多。我一定可以给他他想要的幸福，但是你不可以。"

6

一餐饭，十三吃得如坐针毡。当天晚上回到家里，躺在床上，顺理成章地失眠。

陆洲再给十三打电话，单独约她一起吃饭一起喝酒，十三就开始拒绝。

十三的想法很简单：既然自己给不了陆洲任何承诺，那么就把他让给阿沁吧。反正阿沁是陆洲初恋，又舍得对他好。不像自己，穷学生一个，陆洲想做生意也没办法帮他筹本钱。阿沁家条件不错，不论是生活上还是工作上，都能帮到他。有这样一个白富美横亘在面前，自己退出也就是理所应当的事情了。

虽然两个妹子的年纪都比陆洲小，但是考虑的方方面面都比陆洲成熟。爱情除了爱还应该有点别的什么，不然的话，太过单薄，容易断折。

狠下心来拒绝陆洲的十三后来还和阿沁成了好朋友。当然，她们可以谈动漫，可以谈家庭，就是不能谈陆洲。陆洲是两个人的死穴，是开不了的口。

阿沁对十三的大度，是充满感激的。每次十三回川休假，都会约她一起玩。

刚开始，陆洲也会参与进来。三个人去电影院看电影，去山上玩雪，热热闹闹，不亦乐乎。

直到某年春节，相约去看贺岁片。陆洲推着十三的后背，自然而然地要和她去坐情侣座。十三觉得有点不对劲，拍拍陆洲的手。陆洲睁着一双迷惑的眼睛："去那边坐呀！你打我干什么？"

十三指了下陆洲身后，陆洲这才想起来还有阿沁的存在。这才想起，阿沁才是自己的女朋友。

十三退到后排，阿沁强作欢颜："陆洲，你真笨。"

陆洲不好意思地挠挠头说："可能是我习惯了。"

荧屏上的惊心动魄阿沁一点儿没有看进去，过去的各种小细节在心头翻涌：一起开车兜风，陆洲给十三买巧克力。一起唱K，陆洲和十三情歌对唱。一起看雪，陆洲就爱和十三打打闹闹。而自己，明明是陆洲的女朋友，却好像陆洲车顶挂着的那个寂寞的小雪人一样，孤孤单单，热闹都是别人的。所有的角色、所有的情节在十三在场的时候都错位了。

7

十三明白阿沁的想法，理解她内心的难过。

她再从外地回来，身边带着个高高大大的男朋友。

男朋友和陆洲握手，陆洲皱着眉头。十三站在男朋友身后，轻轻拉着对方衣角，脸上笑容明媚。

陆洲轻轻地叹了口气，想：既然大家都找到了各自的伴侣，还有什么好说的呢？

从此灰心失落，决定跟阿沁结婚。

阿沁结婚的时候怀着孕，按理说是喜事。但站在酒店门口的陆洲，表情却有些惨淡。

他踮着脚尖看啊看啊，始终没有看到十三。他的婚礼，十三终究是缺席了。

阿沁婚后的生活，并不算如意。

陆洲本应是个细心的人，面对她，却各种粗心大意。

新房电梯故障，她被困梯内。给陆洲打电话，陆洲淡然地说："没关系，过一会儿工作人员就救你出来。"

接着，跟一帮哥们儿吃饭去了。

家务事，陆洲从来不做，拿工作忙当借口，扫帚倒了都不愿意扶。

一日三餐，顿顿外卖解决，家里的外卖单子摞得快高过茶几了。

她挺着大肚子，以胜利者的姿势坐在沙发上。这个时候的陆洲，还在酒吧喝酒。

陆洲喝得有点多，跟肥佬絮絮叨叨："我真的很后悔，我不该娶她。"

肥佬说："别这么说，阿沁是好女孩。"

陆洲瞪着一双醉眼："她管得真宽，不准我这样，不准我那样。十三好不容易回来一次，都不让我去见个面吃个饭……"

肥佬说："可以理解，她是太爱你了。"

陆洲说："爱？！这就是爱？！我告诉你肥佬，要不是有了小孩，我才不想和她结婚。当时，我就该果断地拒绝她，选择十三……"

肥佬抽了他一个巴掌："就算你选了十三，十三也不会选你！你给老子清醒点，你孩子下个礼拜就出生了，不准对不起孩子的母亲！"

孩子出生那天，陆洲没有在病房守着阿沁。

他在医院后院的小凉亭里，接过十三的红包，然后恶狠狠地抽了五支香烟。

阿沁抱着孩子，站在窗边喂奶。

她看到陆洲的身影，脸上不是愤怒，不是痛苦，而是一种麻木的死心塌地。

8

也许死心塌地从来不会存在于平等的爱里。你对谁死心塌地，大概是在无奈地掩盖，他不够爱你甚至不爱你的事实。

你需要去讨好他们的不屑和轻蔑，拒绝一切的愤愤不平，并且相信爱拥有吴刚一样的特权：

无论对方多少次挥刀砍向你，你都要在下一刀来临之前恢复得完好如初，就像那棵桂花树。

你亲手撒下的种子，逐渐生根发芽，长成了围墙的模样。

等到它围成了一口井，深得再也跳不出去的时候，你只能睁着眼睛等待井口的天亮。

他只是曾经对你动过心，你却一直爱着他。你想要和他并肩一起走，他终究觉得勉强。哪怕爱情已经不再，还要选择拖着它的尸体，一步一步往前走，最后被共同捆绑在婚姻生活里，成了牺牲，成了责任，成了妥协，本该甜蜜的滋味终于变得苦涩。你的坚持，是软弱，也是看破。这世上失落的爱，真的太多太多。

贱 贱 的 爱

1

小麦是我姐姐。

没有血缘关系的姐姐。

那年我们都还小，学校里非常流行认哥哥认姐姐的游戏。我跟小麦是前后桌，某次聊天的时候发现小麦的表姐是我妈朋友的女儿，我也叫她姐。

在生活中有个共同的姐姐，这一层关系让我俩迅速地熟稔起来。我们经常一块儿偷偷地吐槽她表姐有多爱睡懒觉，有多爱花钱，不写作业还不让我们写作业，非要我们陪着她到处逛街，到处玩儿……吐槽次数多了，小麦就说："喂，不如我来当你姐姐吧！"

我有些惊讶："嗯？"

小麦说："反正我表姐不称职，让我来当你姐，我一定会好好宠爱你的！"

我忙不迭地点头："好啊好啊，小麦你快宠我吧！"

小麦假装生气："叫什么呢？"

我："哦，姐！"

2

小麦这一宠我，就宠了十八年。

还在一个班念书时，她经常和我一起做功课、聊天。带了什么好吃的来学校，一定不会忘了分我一份。每年过圣诞，她都会送给我精心制作的卡片。升上初中后，我暗恋一个男生，帅气、有型。她就仗着和对方熟各种威逼利诱，要他在我生日那天握着一束百合花在教室门口等我。那一天，我出够了风头。虽然对方心不甘情不愿，把东西交给我就马上埋着头飞快地跑远了。

后来小麦问我："你跟他能发展吗？"

我有些沮丧："他估计不喜欢我。送完花后，他跑得比兔子还快。"

小麦拍拍我的肩膀："不要气馁！要慢慢来！"

我说："可是我已经和另一个男生谈恋爱了。"

另一个男生小麦见过，和我暗恋的那位是哥们儿。他以前就喜欢撩妹，尤其喜欢撩我。可能因为我长了一张学霸脸，却有一颗校霸心，在厕所抽烟，在操场喝二锅头，在天台约架都有我的份儿。他撩我的时候，我就朝着他翻白眼，和别的女生一点儿也不一样。

大概就是这样，我深深地吸引了他。刚好他哥们儿给我送花，又激发了他争强好胜的心理。小青年嘛，最好的哥们儿就是最强的竞争对手。他开始在学校放话，说他一定要在三个月内追到我。然后每天传写满情话的小纸条给我，帮我打扫我的卫生区域，替我补习数学……

啊！多么美好的生活。不用再打扫卫生，不用再担心数学，还有人成日里和我甜言蜜语练习偶像剧桥段。虽然还有点牵挂我的暗恋对象，但我心想，得不到他的人，得到他朋友的人也是一样的。于是迅速地跟他哥们儿坠入爱河。

3

小麦给我写信，折成了桃心的形状。

她在信里说："那个男生对你好吗？"

我回信："可好了。在一起以后我几乎什么事情都不操心，我觉得挺好的。"

小麦再回："那就好。看来我这个做姐姐的还是不错的，即使没能撮合上你和你暗恋对象，但也算间接地给你找了个好对象。嗯，你要感谢我哦！"

我回信："谢谢姐姐。"

开始谈恋爱的我已经厌烦了和小麦来来回回地写信。QQ已经普及了，手机也开始在小伙伴们的书包里出现，写信这种老土的方式，还是不要啦。

渐渐地，我和她的联系就淡了。

只是偶尔地听人说，她和他们班的男生阿宏谈恋爱了，就是相处得不太融洽，经常吵架。

阿宏属于挺受女生欢迎的那种类型，身边少不了姑娘。

小麦很爱他，连带着醋意旺盛，总是能从鸡蛋里挑出骨头来：你多看了 A 一眼！不好！你多和 B 说了一句话！不好！你补课和 C 坐同桌！不好！

这也不好，那也不好。久而久之，阿宏就觉得小麦不好。

分手的时候，小麦谁也没有说。放学后一个人坐在空荡荡的教室里，趴在属丁阿宏的那张课桌上，耳机里全是阿宏喜欢的声音。

那年小麦过生日，我送了她一瓶石头形状的巧克力。

小麦拿着巧克力，好奇地问："你从哪里找来的石头？真漂亮。"

我说："其实是巧克力来着。姐，你尝一个，看看甜不？"

她打开瓶盖，拿出一块小的，放到嘴里。

我充满期待地问她："还好吗？"

小麦咀嚼了几下，眼睛里竟然噙满了泪："老妹，我一点也不好。"

我愣了，从来没有见过她这样："姐，你干吗哭了？"

小麦哽咽着说："可能在阿宏那里，我就像路边的石头一样又臭又硬。他不知道，只要他给我一点耐心，我也会像巧克力一样甜的。"

4

是啊，小麦的好，阿宏都不知道。他不知道小麦的课桌肚里放着没有打完的围巾，小麦的书包里放着送他的手套，小麦的日记本里写下的都是他的名字，他就住在小麦的心上。

阿宏只知道自己已经恢复了自由，可以到处撩妹，可以每天和不同的女生一起上课下课骑车回家。小麦好像就这样从他的生活里淡去了，不留一点痕迹的。

我在路边的公用电话亭给小麦打电话，男朋友站在旁边牵着我的手："喂，姐，你最近怎么样了？"

小麦的声音懒懒的："就那样呗。"

我说："听说大白在追你啊。"

小麦有气无力："是啊。"

我说："那他有没有很宠你？"

小麦说："有。"

我说："那你们有没有在一起？"

小麦说："老妹，你别八卦了，我还没想好。"

我说："大白人还不错，你就从了吧。"

小麦说："哦……"

我挂掉电话，跟男朋友说："你赶紧去告诉大白，他可以看到曙光了！"

男朋友说："小麦怎么说？"

我说："她还在考虑，但是，既然有考虑的余地，就是有成功的希望嘛！"

男朋友比我还激动："好好好，我这就去找大白！"

5

大白我们都认识，是公认的好好先生。他特别宠小麦，宠到连我都羡慕嫉妒恨。为了追小麦，他甚至修炼出了连带着宠爱小麦朋友的技能，让大家每天朝着小麦吹风，劝小麦就范。

渐渐地，小麦好像对他没有那么抗拒了。渐渐地，小麦重新开始笑了。渐渐地，小麦 MP3 里的歌也都换了。这个时候我知道，大白和小麦的全新 CP 已经成立了。

他俩的 CP 组合完全是标准模范，得到了几乎所有朋友的祝福。小麦也开始跟我秀恩爱："我跟你说哦，你姐夫对我可好了。"

我说："哈哈，看他每天看你的那个眼神就明白了。"

小麦说："你又不在成都，你怎么知道他怎么看我。"

我说："他老是刷屏贴合照，不是瞎子的都能看到……"

小麦说："那倒是。老妹，我终于找到幸福了，你什么时候也赶紧谈个恋爱吧？"

我说："现在还不想。姐你干吗这么着急呢？"

是的，你没猜错。我已经和大部分女生一样，考上大学后就急急忙忙地跟中学时代的男朋友提出了分手。全新的世界已经在面前展开，何必被从前的那些破事绊住了前进的脚步？

大家在各自的学校里参加社团，组织老乡聚会，跟同班同学一起去旅游，在社交网络分享着彼此的笑脸，热热闹闹地各自过着新生活。

我们都以为大白和小麦经历着异地恋却依然维持着这份感情，

也许真的就会走到最后。没料到的是，找到幸福的小麦竟然和大白
说了分手。

6

大白给我打电话，痛心疾首地说："老妹，你能不能劝劝你姐？"

我说："怎么劝？感情这回事，都是心甘情愿。她既然不想和你在一起了，我们做朋友的说什么也没用啊。"

大白说："其实和别人在一起也就算了，可是她为什么又去找阿宏了！"

我吃惊："啥？阿宏？！"

小麦兜兜转转，竟然又回到了阿宏的身边。

在一次同学聚会上，大家约在 KTV 唱歌。阿宏毫无预兆地出现在小麦面前。还是那么帅，那么受欢迎，而且单身。

两个人先是坐到一起聊天，然后越靠越近，最后双双失踪。

失踪后，大白打了无数个电话，发了无数条短信，奈何小麦一直拒接。

第二天，小麦就给大白回话了："大白，我们分手吧。"

阿宏是小麦的初恋，小麦一直都对阿宏有着那么点牵挂和期待。小麦说："那时候我和阿宏都太小，不知道应该怎么去爱。现在我们都明白了什么是爱，我再也不想放弃阿宏，我想把阿宏留在身边。"

小麦还说："阿宏也是一样的。他说他和很多很多的女生交往过，

可是到后来才发现，他最喜欢的人，是我。"

阿宏和小麦再度走到一起，我其实一点儿也不赞成。

我说："阿宏桃花永远那么旺，你真的能忍？"

小麦宽慰我，也像在宽慰自己："有什么不能忍的。他有自己的生活圈子，和别的女生偶尔吃个饭、散个步真的没什么好计较的。"

我说："不怕重蹈覆辙？"

她说："我愿飞蛾扑火。"

话说到这份上，我也不好再讲什么。我说："姐，不管你选择和谁在一起，我只希望他能够宠你。像你宠我那样，像我前男友宠我那样，像人白过去宠你那样。"

可是我这个简单的愿望终究落了空。

7

阿宏留了一级。他读大学那年，谢师宴是和小麦一起出席的。

小麦站在他旁边，笑得就和巧克力一样甜蜜。

看着小麦帮他挡酒，给他夹菜，和他父母一起操办诸如核对来客名单之类零零碎碎的杂事。阿宏则心安理得地享受着这一切。关怀？那是多么让人奢望的一件事情。

小麦说："老妹，你别担心我，你看，他父母都接受我了，还有什么考验是我过不去的？"

我只好抱抱她，说："姐，没关系，只要你开心，别的都不重要。"

是啊，大家说她对大白始乱终弃不重要，说她蠢说她笨说她吃回头草不重要，阿宏继续在万花丛中拈花惹草也不重要。小麦自己过得开心就够了。

但小麦真的开心吗？

小麦再打电话过来，声音是低落的。

"老妹，阿宏好像出轨了。"

我愤怒地说："他出轨？！他怎么能这样？！我这就找阿宏理论去！"

小麦说："你先别激动，慢慢听我说。那个女生是阿宏的小学妹，每天都缠着阿宏，要阿宏陪她干这个干那个，要阿宏教她专业课。也许阿宏是拉不下那个脸不好意思拒绝对方。我先去找小学妹聊聊，看看究竟是什么情况。如果是小学妹单方面的纠缠，我得跟她讲清楚。"

我说："那好吧，你先和她谈谈。姐，就算是我求你，你千万别再委屈自己了。"

小麦单枪匹马去见小学妹，小学妹一脸傲气，斜觑着眼睛看着她："你谁啊？"

小麦努力让自己平静："我是阿宏女朋友。"

小学妹哂笑："女朋友？哦，就是爱他爱得死去活来的那个老女人啊？！"

小麦的嘴角有些抽搐："小妹妹，嘴巴放干净点。我和阿宏感情很好，很稳定，我们都见过家长了。阿宏人好，不好意思拒绝，你自己也注意一下，别当小三惹人讨厌。"

小学妹轻蔑地从鼻孔里哼了一声："小三？你说谁是小三？我告

诉你，阻碍别人相爱的才是小三！阿宏喜欢我，我也喜欢他，你阻止我们在一起，我看你才是小三吧！"

小麦一时间气得说不出话来。她看着面前这个趾高气扬的女生，颤抖着，给了对方一个巴掌。

清脆的响声弥漫在空气里。小学妹捂着脸，不可思议地盯着小麦，然后撕心裂肺地尖叫起来："臭三八，敢打我！我现在就给阿宏打电话！"

阿宏果然在五分钟之内就赶到了两个女人撕逼的现场。他按了按太阳穴，说："小麦，你怎么到这里来了？"

小麦眼睛里含着泪，指着小学妹说："阿宏，你给我说清楚，这个女的到底是谁？她怎么可以说我是小三？怎么可以？！"

小学妹躲到阿宏背后："阿宏，就是她，她刚才好凶，还打我了。"

阿宏捧着小学妹的脸，心疼地抚摸着肿掉的地方："疼不疼？"

小学妹嘟着嘴，像是在撒娇："当然疼了！阿宏你要给我报仇！"

8

小麦原以为阿宏到场，会给自己撑腰。没想到，阿宏皱着眉头走到小麦面前，说话的语气是那么冷："小麦，你简直就是个泼妇。"

小麦不可思议地瞪大了眼："阿宏你说什么呢？这是你说的话吗？"

阿宏说："你快点跟小学妹道歉。"

小麦硬着脖子，说："不，我不道歉。要道歉也该是她向我道歉！"

阿宏咬牙切齿："你真不道歉？"

小麦说："绝不！"

接下来，阿宏一个耳光就甩到小麦脸上了。

那天是怎么收尾的，小麦不肯说。

小麦呜咽着告诉了我这一切，她不知道大白就在我边上。她的话，大白都听到了。

大白说："我一定要把阿宏揍一顿！小麦这么好的女孩，他不珍惜，还在外面搞三搞四，简直就是个人渣！"

小麦说："老妹，大白怎么在那里？"

我支支吾吾。

小麦深吸一口气："你给我看好了大白，让他别冲动。这是我和阿宏之间的事，他不用操心。"

我说："他这样对你，你干吗还护着他？"

小麦的声音压得很低："老妹，我……我怀孕了。"

9

小麦怀孕了，孩子他爹却在和小学妹卿卿我我。

她不想让别人知道，可惜大白还是知道了。

大白的口气一下子软了："小麦，你现在在哪里？"

小麦说："在学校。"

大白说："学校哪里？"

小麦哭了："我不想说。大白，你别逼我说。"

我有些恨铁不成钢："姐，你别让我们担心。你告诉我，你在哪里。我来找你，我想陪陪你，好不好？"

小麦说："我在寝室。你来就好，千万别让大白跟着来。"

可是我哪里拗得过身强力壮的大白，他还是跟着我一起去了小麦的学校。我尾随一堆妹子混过了宿舍大妈的犀利眼神，顺利地来到小麦住的楼层。大白只好万分焦虑地等在楼下。

从电梯到小麦的宿舍得走好长一段路。路过水房时，我碰巧听到几个姑娘在叽叽喳喳地说八卦："我说，你知道吗？我们学校有个女生怀孕了。"

"不就是我们宿舍的小麦吗。"

"孩子他爹是谁啊？"

"据说是她初恋。唉，我说她也是不自爱，就这么随便地跟男人上床。听说买了药准备自己流掉，今天一天都关在厕所里，不知道是不是刚吃药。"

"啧啧啧啧……"

我一把推开水房门，朝着里面吼道："少说两句会死吗？！"

回我的是一个白眼："你是谁？多管闲事干什么。"

我没有再跟对方多计较，急急忙忙地跑向小麦的房间，我能感觉到有温热的液体正顺着自己的脸颊流淌。

亲爱的姐姐，你不要吓我。

你那么漂亮，那么温柔，还有很多很多美好的事情等着你去体会去享受，你可千万不要有事啊。

10

血。

到处都是血。

红艳艳的，充满腥气的，血的味道。

小麦虚弱地坐在马桶上，脚边的血积成了一片小小的湖泊。

我跑过去抱着她，一手抚摸着她瘦小的后背，一手忙不迭地摸电话。

"大白，你快点上来，你别管宿管大妈了。一定要快！我怕我姐出事！"

"我这就过来！需要我带点什么吗？"

"别带什么了，我姐流了很多血，我们赶快送她去医院！"

小麦躺在医院的病床上，脸上挂着两道泪痕："不是说了别让大白过来吗。"

大白急了："我非要过来！小麦，我求求你，你好好爱惜自己。出了这种事，阿宏他知道吗？"

小麦点点头。

大白一口牙咬得咯吱咯吱响。

小麦说："大白，你不要去找他报复。我没事的。"

大白恼怒："他到底有什么好？"

小麦说："他千不好，万不好，就我喜欢他这一点好。我喜欢他，所以他所有的不好都是好。"

大白说："你还会回到他身边继续当他那个可有可无的女朋友？"

114

小麦苦笑："不会了，再也不会了。这个人，我就当他已经死掉了吧。"

大白心疼地摸摸小麦的头发："那我呢？我还在这里，我一直在这里，不管发生了什么，我都会宠你，照顾你。你可不可以，再和我在一起？"

小麦摇摇头，唇边尝到了一丝苦涩："不可以。"

大白什么话也没有说，只是默默地陪着小麦打点滴，跟护士确认换药的时间，给她买饭买水。等到小麦出院的那天，他就主动消失。

这一消失，小麦就再也没有见过他。

我也没有再见过他。

我说："姐，你不想给大白打个电话？"

小麦说："算了。我和他不要再见，或许才是最好的。"

我说："那阿宏呢？"

小麦说："也不要再见了。"

我说："姐，以后换我来宠你吧。"

小麦艰难地牵起嘴角："老妹，你什么时候嘴这么甜？快赶上他了。"

话音刚落，我们齐刷刷地沉默。

我知道，她又想起了阿宏。在遍体鳞伤灰头土脸的时候，她还是忘不掉阿宏。

而大白，就像是下雨时候的屋檐，跌倒后的创可贴。雨停了，伤好了，就成为了可有可无的存在。多么残酷，多么遗憾，多么无奈。

11

或许，每个人都会遇到相似的时刻。

或许，人真的就是贱。服服帖帖主动热脸相迎跳到你手里的东西反而厌弃，屁颠屁颠追不到的人，在想要驾驭和挑战的刺激幻想中犯贱。

或许，人就是不愿意承认自己看人看事走了眼，只要付出了一点，就愿意一直付出下去。到后来付出了太多，觉得还拿不到一点回报，所以不甘心而已。

就像小麦，相信阿宏的每一句话，甚至还会为阿宏着想，很贴心地帮他找借口，小心翼翼地维护着他。其实，他的每一句话都是谎言。

或许她不是不知道，她只是不愿意承认他不爱她。

不爱就是不爱，再勉强再付出也只是徒然。就算你再努力，也什么都改变不了。不是一辈子的人，就别说一辈子的话。他嘴边每个裹满蜜糖的甜言蜜语，到你心头就会成为嗜血的刀子。

贱爱换不来宠爱，相爱才可以。

我亲爱的姐姐，希望未来我们不要再重蹈覆辙，希望未来你得到的都是宠爱。

槲 寄 生

1

在休息日里，我非常害怕电话响，因为电话一响我就紧张，就觉得我妈突然又在朋友圈看到了什么奇怪的养生之道，即将跟我好好儿地唠叨唠叨。

在休息日里，我非常非常害怕听到《钟无艳》的电话铃响，因为谢安琪一开口唱歌，我就知道阿华的生活再次出了问题，即将找我诉苦了。

我不害怕朋友诉苦，我很乐意给大家当知心姐姐，可是我害怕给阿华当知心姐姐。

这个妮子，只认死理，不肯回头。

在她的心里，早就有了一个预设的立场，任谁苦口婆心劝解一番最后都会以折戟沉沙告终。

我折戟沉沙了太多次，所以，干脆就狠狠心按掉了电话。

给她发短信撒谎："不好意思，在加班，在开会。"

然后用被子捂住脸，准备继续睡大头觉。

可是脑子却越来越清醒，我的眼前，又浮现出阿华瘦瘦小小的模样。

2

有一年，四川地震，学校受灾严重，停课重建。

我那时快升高三，学业耽搁不了。

于是，我爹四处打电话求人，把我塞到了百公里外一个照常上课的学校。

姐夫在那所学校当数学老师，阿华是他班上的学生。他把自己租的房子让给我住，怕我觉得孤单，顺便就叫上了阿华给我做伴。

第一天见面，阿华就不认生："为什么你姐夫不把你安排到他自己的班上？"

我一边做题，一边说："可能是我爸要求的。我爸肯定担心我在学校犯错我姐夫拉不下脸骂。"

阿华说："真好。要是我爸也关心我的学习，那就好了。"

我说："家长哪有不关心自己孩子学业的？"

阿华叹口气，用手指卷起自己脸颊旁的一缕长发："我爸妈就是啊。都要高三了，还叫我去菜市场帮他们卖菜。我不想去，就打我。"

我抬起头，看着她那双羡慕的眼睛，有些心疼："怎么能这样？"

阿华笑笑："而且每天晚上我回家，他们都打麻将。稀里哗啦的，声音好吵，我做不了作业，也睡不成觉。"

我拍拍她的肩膀："没事，现在好了。姐夫让你来这里住，你爸妈就打扰不到你啦。"

3

姐夫说："阿华挺可怜的。家里穷，又不太愿意让她上学。她很想学好，但是能力有限，成绩永远在中下游徘徊。"

姐夫还说："你成绩不错，可以多给她讲讲题，带一带她。说不定她努个力，能将就着考个二本呢。"

姐夫问我："和阿华相处得还好吗？"

我说："还不错，感觉她挺招人疼的。"

我姐从鼻孔里哼了一声，说："也就你们喜欢这一类的。我跟你说，你最好小心点她，我总感觉她接近人是有目的的。"

我说："有吗？我都不觉得。"

我姐说："你当然不觉得，你还是个小朋友。但是我是谁啊？我学医这些年，见过的奇形怪状的人多了去了。我就直说吧！她把你姐夫黏得这么紧，谁知道她到底有些什么样的小心思。"

我懵懵懂懂地说："哦。"

虽然我姐不喜欢阿华，但既然阿华已经来跟我一起住了，我也就跟她和和气气地相处。我发现，她好像也没有姐姐说的那么坏。

我水土不服上火，她带着我去药店买药。我穿鞋磨破了脚踝，她给我贴创可贴。我想吃什么，她就带着我熟悉地穿过大街小巷去买。我在陌生的地方觉得无聊，她就带上我参加她自己的朋友聚会。有次在夜市被小偷尾随，还多亏她发现了，拉着我的手飞快地跑了，让我兜里一百块的巨款免于损失。

我气喘吁吁："刚才谢谢你啊。"

她说："客气什么呀。"

我说："要不是你，我哪里来的钱给朋友买礼物。"

她说："是不是男朋友？"

我扭捏："哪有。"

她说："别装了，看你每天晚上窝在被子里偷偷打电话那个甜蜜劲儿我就知道了。快给我看看他照片！我也瞅瞅你对象长啥样。"

我掏出手机，给她看。她一页一页翻过去，指着一个人说："是他吧？"

我说："并不是。"

她说："这个男生可真帅，你干吗不和他谈恋爱？"

我说："我和他只是哥们儿，没感觉的。"

她好像有些惋惜："唉，我就喜欢这种男生，长得干净又漂亮。"

4

阿华喜欢的那种男生，就是陆洲。

她说："小佳，要是我和你在一个地方念书就好了。"

我说："现在你就是和我在一个地方念书啊。"

她说："我说你原来的那所学校。"

她的眼睛里写满了期待，好像是等待着我答复什么，我慌乱地低下头去，说："我觉得咱们现在的学校也不错啊。"

　　她嘴角一撇："我就不喜欢现在的学校，学习气氛一点儿也不好。"

　　其实，现在的学校也并没有那么坏，只是她好像真的不太爱学习，每天拉着我东逛西走，等到要做作业了，就呆呆地盯着试卷，这也不会，那也不会。

　　我说："阿华，要不要我给你讲一下？"

　　她说："可是我听不懂。"

　　我说："没关系，听不懂我再给你多说几遍。"

　　阿华说："算了，谁叫我笨，怎么也学不会。别浪费你时间了。"

　　我说："那你以后怎么办？不考大学了？"

　　阿华把头埋在参考书后面，弱弱地说："考啊。随便考个大学，然后毕业就工作。"

　　我说："姐夫说你努把力，其实可以上二本的。"

　　阿华说："是啊，吴老师对我真的很好，但是我知道我没那个能力。现在陪你一起住，一起上学放学，我觉得也挺好，不用呆在家里，看我爸妈打麻将吵架了。"

　　我语塞。在那个瞬间，我突然有那么一点明白我姐的话了。

　　5

　　日子一天天地过去，我们也都经历了高考，上了大学。

　　上大学以后，我和阿华还会时不时地电话联系。那年寒假，我邀请她来我家玩。

阿华来我家，还给我爸妈买了保暖内衣做礼物。我爸妈对她赞不绝口："瞅瞅，这小姑娘多懂事。跟着小佳玩开心哈！"

阿华点点头，然后拽拽我的衣角："小佳，下午出去玩能叫上陆洲吗？"

陆洲已经有了自己的事业，买了新车。他开车来接我们，带我们去雪山玩。

也许是刚拿到车钥匙，神清气爽，陆洲把车开得飞快。我坐在后排，手里死死地拽着门把手，大呼小叫："你慢点啊！你不想活命，我还想多活几年呢！"

陆洲翻了个白眼："不想坐的就下去，自己走下山。"

阿华附和："就是就是，小佳，你自己下山吧。"

我狠狠地瞪着一唱一和的两个人："要有种现在就停车！"

车吱嘎一声停下了。在半山腰，已经能看到白皑皑的积雪。风呼啦啦地刮过来，吹得人脸和手生疼。

我跳下车，立马搓了个大雪球，朝着陆洲砸过去。

陆洲不甘示弱，也弓起腰，搓个更大的准备报复我。

我一闪身，陆洲的雪球就砸到阿华脸上了。

只听阿华惨叫一声，我靠过去看她，陆洲这球搓得太结实，她的半个脸迅速地红肿起来。

陆洲知道砸错了人，弱弱地道歉："对不起……"

阿华用纸巾擦了擦脸上的雪水，连连摆手："没关系的，没关系的。你们玩得开心就好。"

阿华还说："刚才你被小佳砸了，要不要紧？"

陆洲笑："哪里会要紧。她手劲儿轻。"

阿华把纸巾紧紧地拽成团捏在手里："我也给你擦擦水吧！"

陆洲扔过来一个惊异的眼神："别……别这样。"

我看气氛尴尬，马上打圆场："好了好了，玩够了对吧，咱们下山吃烧烤撸串儿去。"

6

那天晚上，阿华和我躺在一张床上。

我忍不住问她："你喜欢陆洲？"

阿华说："是啊。"

我说："其实你不了解他，你以前也就只在照片上见过他。为什么还会对他有意思？"

阿华说："他长得好看，而且看上去家庭条件不错的样子。他对人也温柔，真的很讨人喜欢。"

我说："可是他已经有喜欢的人了。他喜欢十三，从高中到现在，时间不短了。"

阿华说："但我真的好喜欢他。"

我看她意志坚定，只好叹了口气，说："那我跟陆洲说说看，我现在就给他打电话。"

陆洲的反应和我预想的一样强烈："路小佳你别跟我开玩笑。"

我说："没开玩笑，阿华对你有意思。"

陆洲说："我喜欢的是十三，你又不是不知道。你赶紧的跟她说清楚，别找我了。"

我说："你自己和她讲！"

我把电话拿给阿华，阿华接过来，喂了两声，没有应。

阿华一边哭，一边说："陆洲把电话挂了。"

被陆洲拒绝的阿华，迅速地找到了另一个男生。

是朋友的朋友，叫阿峰。

我问她："怎么这么快？你爱他吗？"

阿华说："不知道。他对我挺好的。"

我说："陆洲呢？你不喜欢了？"

阿华说："反正是不现实的事情，我还不如赶紧找个经济适用男。"

7

阿峰是不是经济适用男我不知道，我只知道阿峰是啃老族，而且占有欲超强。

大学毕业后，阿华在家乐福超市上班。有个男同事对她不错，还经常给她发一些嘘寒问暖的短信。

阿华挺享受这种状态的，没想到阿峰居然翻了她的手机收件箱。

阿峰板着个脸，把手机扔到阿华面前："这男的是谁？"

阿华说："同事。"

阿峰说："是同事还是情人啊？！"

阿华见阿峰动怒，心里多多少少有些害怕："真的只是同事！"

阿峰说："既然只是同事，那你辞职吧，我不想看到哪一天这个男的从你同事变成你情夫。"

听阿华讲完这一出，我瞪大了眼睛，感到不可思议："我怎么觉得阿峰这人有点奇怪？你和他在一起，要考虑清楚。"

阿华说："没关系，他太爱我了，所以容易吃醋。你不要担心我。"

我说："可是……"

阿华没让我把话说完，莫名其妙地开始激动："我让你把陆洲介绍给我，你不肯。现在我和阿峰在一起，你又说不可以。我是个女人，我想要自己的家庭，我想舒舒服服地生活。"

阿华又说："而且，阿峰已经向我求婚了。"

8

阿峰向阿华求婚，阿华怀着幸福期待的心情答应了。

她辞掉工作来找我玩，我们在春熙路上瞎逛。

我问她："你现在不工作，阿峰挣的薪水能养家吗？"

阿华说："不太够，但他爸妈每个月都会给我们汇钱的。"

我说："这样不太好吧？"

阿华说："没关系的。他妈妈对我还算不错，你看看，我的大衣，我的鞋子，都是他妈妈给我买的。"

我说："再怎么对你好毕竟也是他爸妈的钱，不是你们自己的。你还是去找个地方上班，不管薪水多还是少，总归有点收入，万一以后吵架了……"

阿华不耐烦地打断我："路小佳你怎么总是这样？你能不能不要咒我？算了，我不跟你说了，我还有点事，先走了。"

我愣在原地，熙熙攘攘的人流从我身边走过，阿华瘦瘦的背影很快地就汇入其中，消失不见了。

阿华的婚礼我没有去参加，托我妈把红包带了过去。我不知道该怎么面对她，她好像，不太喜欢我。

我妈参加完婚礼回来，跟我说："你成天里担心个啥？我看阿华和她老公挺甜蜜的啊。"

我说："刚结婚，当然甜蜜啦。好不好，要看以后的。"

我妈敲了一下我的头："好朋友结婚，你能不能说点好听的话？别搁这儿乌鸦嘴。"

我说："妈，我都不知道，她到底算不算我的好朋友。"

我妈说："为什么不算？之前你转校读书，还不是她每天陪你一块儿生活。来这边找你玩，还不忘给我们带保暖衫。这样的女孩不是好朋友，是什么？"

我说："妈，你不懂。"

9

我妈的确不懂。

她不明白为什么在如胶似漆的蜜月过后，阿华和老公之间就迅速地出现了裂痕。

老公不让工作，阿华就安安心心在家当宅女。成天在家没事干，只好找点事情操心。

阿华操的心就是，如何密切地监视自己的老公。

阿峰的手机 QQ，设置了和阿华的关联。她每天都会登录好几次，查看阿峰有没有和别的女人发暧昧的消息。一旦有，就捕风捉影地跟阿峰大吵大闹。

阿峰白天工作，晚上回家打游戏。她也不爽，指责阿峰赚不到钱，只知道守着电脑，也不懂浪漫，不会带她去逛逛街看看电影。

家务事，阿华也不想操心。过去没有一起生活过，对彼此的习惯都不太了解。真正住到了一起，才发现阿峰的行为让人十分厌恶。他不爱洗澡，不收拾房屋，衣服鞋子扔得到处都是。阿华一开始还会帮着收拾，后来次数多了，也就见怪不怪了。一进卧室门，映入眼帘的就是地上吐的口水，床单上扔的蛋糕渣子，婆婆看了非常不满意，时不时地就教训她不做家务。

她很不服气地说："你自己的儿子自己应该管好，这都什么破习惯？！"

婆婆也不是好惹的，立马呛回去："我说你才什么破习惯？进门来这么久也不干活儿，成天在家吃了睡睡了吃，扫把倒了都不扶一下。说我儿子不好，你也不想想自己给这个家贡献了什么。别以为我不知道，你经常跟阿峰告状，还讲我故意不做你喜欢的菜吃。你喜欢的菜，你自己买啊！你自己做啊！我看我儿子找到你这样的人当老婆，也算倒了八辈子霉了！"

阿华没说话，转而拽着阿峰埋怨："你看你妈，怎么这样对我？你看你，又是怎么对我的？我感觉自己就是被你们家骗了！以前谈恋爱的时候左一个小华右一个小华叫得亲热，现在就想把我当老妈子了？"

阿峰甩开她拖着自己的那只手，不耐烦地说："你少说两句行不行？我妈每天忙这个忙那个的，也挺累的。"

阿华不依不饶，继续扑上来要掐阿峰胳膊。阿峰急眼，推了她一把，她整个人就摔倒在地上，额头磕到床角，撞出一大片淤青。

阿华哭了，哭得撕心裂肺。

她一边哭，一边举着手机自拍，然后把额头淤青的照片传到社交网络上："大家看看，这就是我的男人，我真后悔嫁给他。"

不明内情的我看了，也有点心疼，马上给她打电话，我说："你怎么回事？他打你了？"

阿华说："是啊。"

我说："赶紧去医院处理一下伤口！他干吗打你？真渣！"

"路小佳你倒是评评理，到底是她渣还是我渣！"电话被阿峰抢过去了，他在一旁气急败坏地吼道："我不过是不小心推了她一下，她就说我打她！我下班回家累到不行，她就说想要一个男闺蜜陪她去看电影逛街！你说这样的女人我要来干什么？还恶人先告状！"

阿峰好像已经受够了阿华，继续跟我控诉："在家光吃不干，还有道理了不是！"

我说："可是当初是你不让她上班的，现在指责她光吃不干，是

128

不是也有点没道理？"

阿峰语塞，过了半晌没说话。

电话最终被他挂断了。

10

阿华去一家通信器材店上班了。

然后，每天向我抱怨各种鸡毛蒜皮的小事儿。

她说："这家店店长真讨厌，成天都在唠叨销售业务。"

我说："做生意嘛，想多卖点也正常。"

她说："而且连午饭都不包。"

我说："现在包午饭的都是餐饮企业，你又不愿意去洗碗。"

她说："附近也没什么好吃的，挣的钱还少。我不想干了。"

我说："这才几天啊，就不想干了？"

她说："干了五天，我真心不喜欢这份工作。"

我有些抓狂："那你继续回去让家里养着？"

她满不在乎地说："我也不指望他家养了。他家现在对我很抠，一分钱都舍不得花。"

我说："你又不想工作，他家也不愿意拿钱，那你生活怎么办？"

她说："上次有个老板给我发短信，说想约我吃饭唱歌。"

我说："你别去，都有家庭有孩子了。为家里想想，这种事传出去不好听的。"

她说："可是我已经答应对方了。"

我说："你老公不生气？"

她说："干吗生气？有本事他拿钱给我花呀！"

11

那天以后，我有很长一段时间都没有和她再联系。

这样的"朋友"，让我感到害怕。

陆洲结婚的时候，我去参加了婚礼。婚礼的照片，被阿华看到了。

她给我发短信："陆洲也结婚了？"

我说："是啊。"

她说："时间过得真快，算一算我都结婚一年半了。"

我说："是啊。"

她说："我准备跟阿峰离婚。"

我说："是……啊？"

她说："已经在协商了，准备下个礼拜去民政局。"

我震惊："你们结婚才多久？孩子才多大？"

她说："阿峰打我，骂我，还不给我花钱，对我一点也不好。"

我说："那么严重？"

她说："你去看我的QQ，每条说说里都写得很清楚了。"

我登录QQ，点进阿华发的那些状态。每一条，每一句，都满满地写着对阿峰的控诉。

阿峰好像并没有对这些状态做出过多的反应，直到翻到最新更新的那一条。

阿华说:"我忍不了了,这个家把我当外人,我要离婚。"

下面评论里一边倒地都是指责阿峰不负责任始乱终弃的。

然后阿峰在几秒钟前终于忍无可忍地回复:"这个女人,和别人发短信说要做对方的情人。都这样了,我还能要?"

众人哗然。

阿华好像并没有上网,不知道阿峰刚刚爆了一个猛料,还在继续絮絮叨叨地向我吐槽:"阿峰他让我净身出户,孩子他带着。我觉得他太不要脸了!"

我回得干净利落:"阿华,你好好地想一想,不要脸的到底是谁?"

这条短信,石沉大海。她没有再回我。

我再去看她的状态,发现阿峰回复过的那一条,已经被删除了。

12

阿华终究还是没能和阿峰离婚。

准备包养她的老板,找到了更加年轻漂亮的小姑娘。阿华哭闹无效,没工作没收入,只好再去求阿峰。

想着孩子还小,不能没有妈妈,阿峰再次接纳了她。

可是阿峰不再关心照顾她。一切都已经回不去了。

阿华身体不舒服,检查出尿路结石,在医院住院一住就是一个礼拜,阿峰却拒绝前来探望。

她每天自己管着输液、吃药,连打开水都要拜托护士。

护士翻着白眼,问她:"你家属在哪里?"

她辛酸地回复："我没有家属。"

阿华娘家出事，想问阿峰要钱。

阿峰一边对着电脑打游戏，一边甩下一句："没有钱。"连脸都不带转一下。

然后，《钟无艳》的手机铃声在我耳边响起。我瞥了一眼来电人姓名，赶紧手忙脚乱地按掉。

负能量太多，没有朋友想再帮她承担了。

13

家庭聚餐，跟我姐和姐夫一起吃饭，姐夫突然问起阿华。

姐夫说："那个小姑娘后来怎么样了？"

我姐说："肯定过得不好。"

姐夫说："我看她当时就挺可怜的，后来听以前的学生说，她好像要离婚？"

我说："没离成。"

姐夫不解地说："她到底怎么回事啊？感觉一直都在瞎折腾。"

我姐说："哎，你又不学医。学医就知道了，有一种药材，叫槲寄生。"

槲寄生，是寄生在其他植物上的植物。

可以从寄主植物上吸取水分和无机物，为自己提供养分。

北欧神话中，奥丁和爱神弗丽佳的儿子——光明之神，就是被槲寄生制作成的飞镖射死的。

它是死亡的象征。

世界上有那么多在苦难中长大的人。

有的，长成大树；有的，变成了槲寄生。

通过从别人身上吸取养分，让自己枝繁叶茂，开花结果。

终究是生长缓慢，繁衍困难。

英雄谱之妙手仁心

1

我去都江堰找我姐，约了一起爬青城山。

打车到山前，左顾右盼看不着她，给她打电话，她的语气充满歉疚："重症监护室来了新病人，今天加班，去不成了。门票昨天就买好了，回头你来医院找我，跟你姐夫去吧。"

我说："这都第几次了？每次约你都突然有事，我觉得我就不该找你。"

我姐说："你别生气，当医生难免的，回头姐带你去海螺沟！"

我笑着说："得了吧你，赶紧忙你的，少废话。我已经习惯你这样了，谁叫你是医生呢？"

我姐叹气："对啊，谁叫我是医生呢。"

做医生的，必须时刻准备着为病人牺牲。看过港剧 on call 36 小时，我姐和剧里节奏也差不多，可能我姐还更悲催一点。

为什么？因为是ICU啊！成天和死亡打交道，和歇斯底里大爆发的家属打交道，再年轻漂亮的姑娘也得熬成婆。

我姐抚摸着自己的黑眼圈，幽幽地说："我已经两三天没有好好地睡过觉了。"

2

我姐学医的初衷很简单，就是家人多病。

她说："我不求救死扶伤，我只求为我爸妈做点事，减轻一下他们的病痛。"

我说："学医可怕吗？"

我姐翻着白眼："肯定可怕了！"

我说："那你怎么办？"

我姐说："能怎么办？多看多学多碰多上手啊！"

第一次去妇产科实习，我姐看着手术台上的产妇，红彤彤的血不停地往外流，立马就脚趴手软，跟摊烂泥一样地，溜到地板上了。

我姐跟我讲这个故事的时候，我们正挤在沙发上看《下水道美人鱼》。

我一边往嘴里塞薯片，一边说："丢人不？"

我姐说："当然丢人了。"

我说："你导师没笑话你？"

我姐说："没有啊。我导师说，像我这样的实习生多了去了。"

我说："你没申请转科室？"

我姐说："哪能那么脆弱。我的目标是妇科圣……"

"呕……"

电视屏幕上，美人鱼的肚子里冒出大滩大滩的脓疱血水，还有无数寄生虫从创口掉出。

我没忍住，对着垃圾桶吐得昏天黑地。

我姐鄙视："没有用的东西。你看我以前晕血吧，现在看到这种画面，只觉得像一张巨大无比的披萨。"

我横了她一眼，吐得更厉害了，从胃里倾倒出一股股酸性液体。

我姐说："你真臭。我不和你说话了。"

就这样，我姐从一个晕血的纯情少女，成为了重口味粗神经的女青年。

虽然她并没有去妇产科做什么妇科圣手，但也算个勤勤恳恳的医生，在医院一干就是六七年。

家里人也曾经劝过她："去开个私人诊所，比你拿医院死工资可轻松多了。"

我姐说："不行。"

家里人恨铁不成钢："你这孩子咋这么蠢呢？"

我姐一边穿鞋，一边说："我放不下那些病人。"

然后一溜烟地跑了。

我默默地想："哟，一开始说学医只为了家人健康，现在居然也想着救死扶伤了。"

3

家里聚餐的时候，说到有关医院的话题。

"前段时间，听说某某医院又治死人啦？！"

"是啊，我亲眼看到的。家属在门口堆了一堆花圈，还烧纸请道士招魂什么的，说是明明早就该安排手术了，结果老说病人不符合手术标准，拖了两个星期，死了。"

"啧啧啧……"

"现在医院的医生啊，都是这样，钻进钱眼里了，不塞点红包找点关系哪里能好好给你治病。"

我偷偷地瞟了一眼我姐，她的脸涨得比猪肝还红。

"看在是亲戚的面子上，我忍……"她咬牙切齿地说。

可惜对方依然没完没了絮絮叨叨：

"据说还请医闹去闹了，就是行政办公楼前都是保安，没能冲进去。"

"我说呢，这些医生也该挨打……"

话没说完，我姐就果断采取措施了。

斟了满满一杯酒杵在对方面前："哎呀，大伯，好久不见，咱们干一杯啊。"

却依然没能阻止对方八卦。"燕子啊！那个病人好像就是你们医院的？"

我姐木着个脸："是啊。"

对方不知死活地继续说："你们医院真没医德。"

我姐怒了，酒杯重重地搁在桌面上，溅出来几滴红酒，弄脏了她的白裙子："你知不知道那个病人是自己没有遵守医嘱的？跟他说了无数次术前禁食，非不听。第二天上手术台前才跟麻醉师说吃了面条，还振振有词说面条不是米饭。你知不知道这样的情况下麻醉根本不能进行，反流窒息的话会有生命危险的好吗？两天后再次安排手术，他又发烧了。你知不知道腹主动脉瘤腔内手术必须严格排除感染危险，不然很可能死在手术台上的？第三次有手术指征已经到第二周了，结果前一天早上动脉瘤就破裂了。你知不知道如果他自己听话，第一次就排上手术，死的那天原本该是出院的日子的？你什么都不知道，为什么还在这里指手画脚说医生的不是？！"

　　我姐特别气，听得出她说话的声音都在发抖。

　　大伯被我姐极具气势的一堆排比句给镇住了，过了半晌，才小心翼翼地道歉："燕子，我没有批评你的意思啊……"

　　我姐张张嘴，还想说点什么，我连忙拉拉她的袖口："算了算了，大伯不懂，不知道，也不是有心针对你的。你好好跟他解释就好了。"

　　她眼眶红红的，嘟嘟囔囔："我就是看不惯有人不分青红皂白地怪医生。这个病人的主治医生，是我朋友。后来下班途中被人打了，软组织挫伤。"

　　我说："姐，你工作也要小心啊。"

　　她说："嗯。"

　　一顿饭，不欢而散。

4

"我刚才是不是脾气挺差的？"我姐偷偷地问我。

我点头："嗯，是啊。"

我姐说："我对我自己都无语了，一遇到这种事，就着急。"

我说："没办法，现在医患关系差。"

我姐说："唉，就是可怜你姐夫，每天下班回家，我有气都朝着他撒。"

姐夫一边哄着小孩，一边笑笑："没关系的，总不至于让你冲着病人撒气吧？"

还在儿科的时候，我姐接诊过两个小孩。

因为小孩子比较难沟通，我姐尝试着问了一些问题，也没问出个所以然，只是表示肚子非常痛。

于是我姐开了 B 超单子，要家长带小孩去做一下检查。

结果双方家长都表示："小孩子吃坏肚子很正常的，你给开点口服药，我们就回去。"

我姐说："最后我没给他们开药。一个孩子回家后大人灌了点消炎药，就不痛了。另一个孩子回去后，过了几个小时病情恶化。再送来医院检查，肠梗阻，生命垂危。"

我说："其实孩子不会口述症状又不做检查，病情恶化也不该怪到你头上来啊。"

我姐说："呸！你以为人都这么明白事理？第二个孩子家属后来来医院闹，说我是庸医，看病都看不出来。还好领导知道这事情经过，也没怪我。"

我拍拍她的肩膀："那第一个孩子呢？"

我姐说："我真是不想吐槽！可是我必须要吐槽！第一个孩子的家长后来逢人就说，我是个庸医，就知道开检查单子来骗钱。"

我说："他妈的！"

我姐恨恨地说："是啊！他妈的！"

我姐说："我还算好的。我们科室另一个医生，被病人打过。"

那个医生接待的病人，肺部有问题。

病人输氧，总觉得自己交了钱，低氧含量不划算。

擅自调大供氧量，结果浓度过高，引起氧中毒，抢救。

家属立刻闹上门，一拳头上来，医生的太阳穴就青肿了一大块。

被打过后，还得劳心劳力地给那个病人治疗。病人出院的时候，半句感谢的话或者表示歉意的话都没说。

我问我姐："遇到这种事，心寒不？"

我姐说："那当然！别说当事人，我作为旁观者，这心口，都瓦凉瓦凉的。"

5

我姐，带着一颗瓦凉瓦凉的心，到家里来找我发泄，找姐夫发泄。

发泄完了，自己把自己捂热了，接着往医院跑，马不停蹄。那满腔热血都撒在了白色的病房里。

好不容易有空，约我去吃饭，在饭桌上聊聊琐事，权当放松。

却也难逃我的花式追问："姐，便秘怎么办？"

"多喝水，多吃蔬菜，不行了就上开塞露痔疮膏。"

"姐，胳膊上长疹子怎么办？"

"停用沐浴露，买点皮炎平，涂涂就好。"

"姐，鬼压床怎么办？"

"那是你睡死了产生幻觉。别担心，你学法律，是恶人，鬼看到都怕三分。"

"……你才是恶人！成天跟病人和尸体打交道。"

我姐突然停下筷子，严肃地说："你信不信，这个世界上真是有灵魂的哦。"

她收治过一个车祸病人，脑袋撞得跟开瓢的西瓜似的。没能在第一时间联系上家属，但还剩着一口气。于是，送进 ICU，治疗费医院给垫。

她每天进进出出，看监控、开药、注射，忙忙碌碌。

找到病人家属那天晚上，她值班。在办公桌上趴着小憩，却被一个男人叫醒。

"医生，医院出口怎么走？"

我姐迷迷糊糊地给他指了个方向。

"谢谢你，医生，谢谢你这么多天的照顾。我走了，再见。"

男人消失了。

我姐一瞬间打了个激灵。她直起身，望向出口。没有人，也没有脚步的声音。监控器上，空荡荡的一片，声控灯还暗着，像一双双在黑暗中窥视的眼睛。

ICU 警报器发出的刺耳响声打破了医院的宁静，我姐拉上值班护士一块儿往病房冲。

然后愣住了。

出车祸的病人，长了一张和刚才问路的人一模一样的脸。

浓眉，大眼，下巴上留着胡子，看起来，还很年轻。

这个人没有救回来。还好，他总算看到了亲人最后一面。

我听完，惊得几乎要跳起来："姐，你别讲恐怖故事，你别吓我！我很胆小的！"

我姐很淡然："其实我觉得一点儿不害怕，反而有些温馨。"

6

我姐经常说："我有时候真的不想干了。"

我姐又补充："可是每当我想起我的病人，想起那个'游魂'，我就想，还是坚持下去吧。"

我姐还说："做医生嘛，体力和心理素质都要强，谁叫我选了这一行？那些病人的家属，失去了生命里重要的人，要是有什么埋怨，尽管说，让我去扛。"

最后，我姐总结道："在医院做了这么多年，看了太多惨剧。很多人都不明白这个道理：当你病重的时候，也许你的亲人都不想你再活下去，不想你变成拖累。只有医生不希望你死，他一定要努力让你活。"

当你忍不住想咒骂医院的缺德、怒斥医生的黑心时，请静下心来，想一想那个挨过骂也挨过打却还是一如既往地给病人看病的医生；想一想，那些为了抢救病人几天几夜不合眼的护士小姐；想一想，连着做好几台大型手术，结果晕倒在手术现场的主刀大夫。

你有没有看到，在你认为污浊黑暗的医院里，布满矛盾和冲突的病房间，有叹不完的气和数不尽的失望。也有微小的、不灭的星火，还有那夹缝中努力生长的种子。

这是一个并不太好的时代，却也是一个并不太差的时代。

总有人让我们灰心失望，也总有人让我们相信期待。

英雄谱之烈火街头

1

上海的同事拜托我帮她找个成都律师调某家企业的工商档案，但我挠破了头皮也没有想出合适的人选。

当年高中，玩得好的六个人，五个都念了法律。

可是毕业之后，有的去考了公务员，有的去做了NGO（非政府组织），有的去了证券公司，有的去当了检察官。

就是没有做律师的。

思来想去，想起了老刘。

于是给她打电话："老刘，今天有空吗？"

老刘的声音还是那么爽朗："你先说说看，啥事儿？"

我说："调一个档案。"

她说："我还没回所上，在看守所会见当事人。你把企业名发我微信，我有空就去。"

对于不算特别熟悉的旧同学而言，有空就去 = 找别人吧。

我明白这个道理，所以跟同事说："搞不成。"

没想到，当天下午，老刘就回我话了："档案已经调好，晚上一块儿吃饭？我把资料拿给你。"

我连忙点头："好啊好啊好啊，老刘你太棒了，么么哒。"

2

老刘和我一样，是看 TVB 各种律政剧长大的。

胡杏儿、陈敏之、滕丽名、关礼杰、谢天华、陈键锋。

不论是演过质朴善良的航空公司地勤，还是演过狂拽酷炫吊炸天的古惑仔，或是演过傻傻笨笨满腔英勇的陀枪师姐，只要这些演员站上法庭，披上律师袍，戴上那顶假发，每个人的一举一动，都显得那样慎重干练，让人看了眼睛里就冒星星。

他们就是我们少年时代的男神女神啊。

高考结束后填报志愿，我们无一例外地在志愿表上填上了法学。然后，各奔前程。

一开始，还时常电话或者邮件联系，说说彼此的生活。到后来，渐渐地，大家也都淡了。

有什么好说的呢？来来去去都是那些破事儿：占座、背书、复习司考、上培训班。

根本就不像想象中的那么光鲜亮丽。

我说："老刘，你毕业打算干什么？"

老刘说："当警察吧。"

我说："你不是学的法律吗？"

老刘说："可是我们学校是警察学院啊。我听说，好像要把我分配到扫黄大队去。"

我一听，就来劲儿了："多好！记得我们以前追的《扫黄先锋》吗？超好看超帅的！"

老刘鄙夷地说："路小佳你幼不幼稚？港剧拍的你还信？"

我不服气："信不信，你做做不就知道了？"

老刘说："还不一定呢。我感觉扫黄这档子事儿，让我一女的去做好像有点不太好。"

3

结果老刘还是被分到扫黄大队了。每天扫黄打非，逮嫖客、捉小姐，鸡飞狗跳。

老刘再跟我联系的时候，忍不住哀叹："我要辞职！"

我说："干吗辞职？你在扫黄大队不是干得挺好的吗？"

老刘说："我看不惯。"

我说："看不惯人家嫖娼？"

老刘说："去你的，男男女女不就那点儿事吗。我是看不惯上面选择性执法。"

扫黄打非，也是有范围的。有的娱乐会所有保护伞，不能去。去了也白去，头天查封第二天照样撕掉封条做生意。有的小姐很可怜，要养家，只好去做站街女。站一天接两三个客人，挣几千块一次性就给罚没了。

老刘说："我上次放走了一个卖淫女，被组织严厉批评了。可是我真的觉得对方太可怜。我决定了，我要辞职。"

我说："决定了就干吧，不要让自己后悔。"

雷厉风行的老刘果然没有让自己后悔。

她从扫黄大队跳了出来，找了家律所，当了个女律师。

我说："你是不是跟《法网狙击》里的杨怡一样意气风发？"

她说："才没有，我混得特别惨，一会儿见面你就知道了。"

4

我们约在一家小饭馆门口碰头。

多年没见，我真的快认不出她了。

脸比饼大，腿比腰粗，肚子的直径超出了胸围。

我说："你真不像是做过警察的。"

她说："呸，别提我的伤心事了。"

我说："最近在忙啥？还是忙着案子呢？"

她说："是啊。"

我说："怎么精神不佳？"

她说："差点被当事人坑了。"

一个少女，从十六七岁起就被黑社会大佬包养。进进出出穿金戴银，手下小弟纷纷跟在身后叫大嫂。

少女农村出来的，家里穷，凭着有几分姿色，去当大哥的女人，觉得自己终于跳出了贫困的圈子，从此风光无限。

可是，大哥教她帮忙带毒。

冰毒、摇头丸、K粉、麻古、海洛因。

样样都带。藏在包里，开着豪车和对方交易。没有人会怀疑打扮时髦开大奔的女人，会是一个毒品贩子。

就这样，过了三四年。

到被抓的那天，还沉浸在幻想中。

以为大哥神通广大，总会想办法把自己捞出去。

警察调查案子，召集那些小弟来问话，个个口径统一，说："我们身上的东西都是大嫂给的，我们不知道。"

而她呢？得意扬扬地把全部责任都扛上身："是啊，都是我给手下小弟的，有什么事冲着我来。"

扮演着电影里义气干云的大姐大角色，丝毫不知道这是大哥一早就布下的局。

老刘去当她的辩护人，在看守所，把前前后后各种利害关系都分析给她听。

她吓坏了，马上翻供。

却有大哥找来的人给她带话："你像以前那样做，出来以后还是我马子，兄弟都尊你为大嫂，我的钱任你用。"

她被说动了心，在法庭上，再次翻供。

法官问："为什么证供前后不一样？到底哪样是真的？"

她指着老刘："之前的话都是律师教我说的！"

老刘瞬间石化。

老刘喝了一口杯子里的酒，说："还好那天我准备得齐全，偷偷录了音，做了笔录，对方也签过字，不然的话……"

不然的话，辩护人妨害作证罪。三年以下有期徒刑或者拘役，情节严重的，有期徒刑三年到七年。

老刘眼眶红红的："这个姑娘不知道，等着她的不是死刑，就是无期。"

"鸦片一千克以上，海洛因五十克以上，就可以判处无期或者死刑。"

"她前前后后带的毒品，可能三倍还有多。"

老刘捏着筷子，想夹两颗花生米："案子还没判下来，我不想去想她，却还是忍不住。那么年轻的女孩子，就这样被大哥骗了。"

花生米体积太小，从老刘筷子尖滑下来，掉到地上。

"姑娘一辈子都毁掉了。"

5

我叹了口气："老刘，别想了。以后少接点刑案不行吗？"

老刘说："他妈的，都怪我 TVB 看多了。我老想着维护公平正义，为了这个我连警察都不做。以为当了律师，可以不用受制于上头。其实，还不是五十步笑百步。"

老刘嘿嘿嘿地笑："路小佳，你说我是不是傻？"

我说："老刘，别喝了，吃菜吃菜。其实既然已经做到现在了，那就好好保护好自己！像这样的当事人毕竟是少数，一定还有当事人明白事理。"

老刘说："是啊，不仅明白事理，还很多情，多情到被人卖了还给数钱呢。"

去年，老刘还接到一个案子。

四五十岁的男人，去洗脚店洗脚。

一来二去，勾搭上了店里的洗脚妹。

洗脚妹很温柔，和自家老婆完全是两种类型。男人被迷得七荤八素，洗脚妹要什么，就给什么。

洗脚妹说："哥，我想承包一个洗浴中心，自己做生意。"

男人立马掏出存款五十万，交给对方。

结果过了小半年，还是没有动静。

男人忍不住问："你说的洗浴中心呢？"

洗脚妹说："那个洗浴中心发生了砍人事件，出了人命，被查封掉了。"

男人说："我怎么没看到有这种报道？"

洗脚妹说："因为对方上头有人，把这件事压了下去。你给我的钱，都用来赔偿死者家属了。"

男人说："那你还缺钱吗？"

洗脚妹扭捏了一阵，说："还缺四十万。我准备买另一个洗脚房，到时候我们可以一起经营！"

男人二话不说，再打四十万。

依然没有回应。

给洗脚妹打电话，洗脚妹不接。发短信，也不回。

又过了小半年，收到陌生号码发来的短信：哥，我住院了，是绝症，白血病。在北京治疗。

男人慌了，抵押掉家里的房子车子，贷来百万款项，打给洗脚妹：妹子，你好好治病！哥这就来看你！

洗脚妹死活不肯透露医院地址，只说："谢谢哥，我无以为报！"

可是时间一长，男人未免起了疑心。让洗脚妹接电话，洗脚妹哭哭啼啼："哥，我又查出了直肠癌，要马上做手术。手术缺口有六十万，我没钱。"

男人心软，四处筹钱，六十万很快到账。

后来，洗脚妹前前后后，以各种理由，骗了他近五百万。

直肠癌治好了，又是子宫癌。子宫癌治好了，又是骨癌。

男人终于忍不住，再问洗脚妹在哪家医院。洗脚妹随口报了一家，他上网一查，根本就是子虚乌有。

这才确信自己上当受骗，要老刘帮他追回损失。

老刘说："洗脚妹被抓了，这个男人却还说愿意出谅解书，要法院少判几年。"

我感慨："你说他到底是找到真爱了，还是他真的傻？"

老刘又是一杯酒下肚："嘿嘿，这个我可管不着。"

老刘说："还想着接这个案子能多赚点，毕竟标的大。可是……"

可是男人能掏出五百万救洗脚妹，却掏不出律师代理费。

他就是设计院上班的普通白领，年薪十来万。给洗脚妹的钱，基本都是高利贷借来的。

老刘说："最后我也没问他多要，象征性地给了点。我想，我也算仁至义尽了。"

6

看着老刘颤抖着往杯子里倒酒，我按住她的手："老刘，你少喝点，肚子都这么大了。"

老刘说："不碍事。"

我说："老刘，你这样做，值得吗？"

老刘不吭声。

我说："当年一起学法律的姐妹们，去做证券的，工作没风险，还挣得多。去做 NGO 的，也算是在发善心做好事。哪怕做个法务，也不像你，又有危险，又累。"

老刘眼睛红红的："是啊。我说别人傻，其实自己才最傻。都怪我 TVB 看多了，总想着维护法律正义。但我做久了，真的好累。心累。"

老刘喝完最后一口酒，把工商档案交给我，然后我扶着她，跌跌撞撞地下楼，走在初夏温暖的晚风里。

她抱着电线杆，挺着啤酒肚，对着地面呕吐。

像一个大规模的动感音乐喷泉。

老刘说："小佳，我其实，我其实从来没有后悔过。"

"其实，轻松的工作那么多，我却偏偏要做这一行。我知道，走下去不容易。但我已经走出了第一步，我一定要把这条路走到黑。"

"这个世界上，少不了成功人士。可是，少的就是我这样的, loser。"

老刘一边吐，一边醉眼蒙眬地说。

7

"公正道义，从来不是故弄玄虚，它需要有人去慢慢地实现，它也会滴水穿石，也会星火燎原。

"为了它，我是那样拼命。为了它，我被生活搞大了肚子。为了它，我走得步步艰辛。

"哪怕每走一步，就会被泥泞的道路陷住了脚。

"留下来的脚印，也个个坚定。"老刘的话语越来越有力。

我一手抱着老刘的公文包，一手拿着卫生纸，帮老刘清理皮鞋上的污迹。

我说："老刘，你不是 loser。你是英雄。"

你 说 过 谎 吗

1

初中同学建了一个微信群。

大家时常在里面吵吵嚷嚷。

关心班主任还是不是不穿裤子只穿裙子，关心中年丧偶的数学老师有没有顺利二婚，关心班花班草的恋爱故事到底进行到哪一步了，关心彼此工作怎么样，什么时候可以约起来打两圈血战到底，到年末还要不要再开一次同学会一起吃个饭交流下同学情谊，顺便看看有没有机会把班里多年以前的 CP 打乱再重组。

好像一如既往地亲密。

当说到开同学会时，几乎所有人都举双手双脚赞成。

只有笑笑，弱弱地发了一句："你们去吧，我就不来了。"

有人三八地问："为什么不来？老公管得这么严？"

笑笑说："才不是呢。"

对方继续刨根究底："同学聚会多好的机会，咱们毕业这么多年了，还能不见见面？"

笑笑说："因为我长胖了。"

许多女生说自己长胖了，其实都是谦虚。这是个颠扑不破的真理。

于是讽刺笑笑："我看你是没脸来见我们吧！"

笑笑说："什么有脸没脸的？别讲那么多，同学会我来还不行吗？"

然后，跟群里的老同学们迅速地敲定了聚会的时间、地点。

2

笑笑是我初中同桌。名如其人，爱笑。

老师念错学生名字，笑。上课讲到谐音字，笑。要是看到谁出糗了，更是笑得要溜到地板上了。

我说："笑笑，你怎么每天都这么高兴？"

她说："不高兴还能咋办？想办法让自己高兴呀。"

笑笑有个姐姐，据说在成都最好的高中上学。我看过笑姐和笑笑一起拍的大头贴，照片上的笑姐，一头长发柔顺平直，眼睛大大的，嘴角上翘，露出一排漂亮的牙齿。

就算跟我们班班花比，也不见得逊色多少。

前桌的男生李卓对笑姐产生了极大的兴趣："笑笑，给我拉个红线呗！"

笑笑白了对方一眼："人家又和你不在一个学校，离得很远的好吗？"

李卓死皮赖脸继续说："你就介绍一下，又不花你钱，又不出人命。"

笑笑心不甘情不愿地摊开手："先交介绍费。"

李卓交介绍费的方式是请笑笑吃饭。

笑笑吃掉李卓整个礼拜的零花钱后，终于发话："周末，我、我姐、你，一起去德克士见个面。"

小城市于学生而言并没有太多好去处。除了路边摊、苍蝇馆，也就只有德克士了。

干净、明亮，看着稍微上点档次。

当然消费水平在那时候的我们看来，也不算便宜。

可能就过生日那天，能叫上几个小伙伴，去奢侈一把。

李卓见完面回来，喜滋滋地："我和笑姐有戏！"

我说："可是你们又不在一个学校，平时见面机会很少啊。"

毕竟，那是个手机和呼机都还没有风靡的时代。要想在放学后和彼此保持联系，只能通过打座机。如果男生给女生打电话，又不幸被女生家长接到，后果很可怕的。

李卓倒不以为然："我和她可以写信！多浪漫。"

我吐槽："浪漫个屁。"

李卓说："路小佳，你要不帮我写？"

我连忙摆手："别啊！"

李卓生气地说："咱们是好哥们儿，你连这个小忙都不肯帮？"

我叹了口气："那你把信纸给我准备好吧。"

3

我每天吭哧吭哧帮李卓写情书，李卓每天吭哧吭哧地折千纸鹤和小星星。写完那天，李卓把信封交给我，还有一张从作业本上撕下来的小纸条。

我瞥了一眼："这是啥？"

李卓说："是笑姐的地址啊！笨。"

我说："不对啊，笑姐不是在成都重点高中上学吗？这个地址，是咱们本地的乡镇学校呀。"

李卓这才反应过来："是哦！"

我们俩齐刷刷地把视线转向笑笑，笑笑的脸涨得通红："因为我姐转学回来了。"

我说："在成都的好学校念书，干吗要转学回来？"

笑笑说："因为……因为成都那边的学校不准她留长发，所以她就转学了。"

我和李卓，听完笑笑的说辞后，傻乎乎地点头，并且被笑姐震撼到。真是有志气的妹子！身体发肤受之父母，学校剪我头发，我就跑。

很多年后，李卓去成都上学，给我打电话："路小佳！我发现一件事情！"

我懒洋洋地问："什么事？"

李卓说："我刚才在地铁上看到一群高中生，原来，成都的高中生是可以留长发的。"

李卓说："现在想起来，觉得当时自己真傻逼。"

李卓说："那时候，笑笑和她姐经常让我买这个买那个，还得每个周末请她们吃贵得要命的德克士。我想着成都来的妹子，不能对她太抠，从牙缝里挤出钱来给她俩花。吃米粉不加浇头，吃炸土豆给人家一块还非要找回五毛。结果，钱都用来养俩土锤山炮了。"

我说："好啦好啦，谁叫你找对象就看脸？过去那么多年，你也该想开看淡了吧。"

4

笑笑跟笑姐在李卓的供养下迅速地发达起来，各种吃香喝辣。

发达了的她却还是不肯好好念书，交上去的听写作业，签字处永远歪歪扭扭地用稚气的笔触写着一个辨认不清的名字，常常被老师打回来要求重写。

老师一边发作业本，一边说："有的同学，不做听写作业也就算了。但是有的同学，属于弄虚作假！自己给自己签字，还以为我看不出来呢？"

我捅捅笑笑的胳膊："喂，笑笑，我看老师咋一直在看你？"

笑笑满不在乎地说："哪有？哪有在看我？"

老师眼睛一瞪，指名道姓："笑笑，还在下面交头接耳？我说的就是你！作业造假，还说小话！不像样！"

笑笑嘀嘀咕咕站起来："什么叫说小话，我还说大话呢。"

后来我问她："你家是不是没人给你听写？"

笑笑说："是啊，就我和我外婆，我外婆是文盲，不会写字。"

我说："那你以后听写找邻居吧！"

笑笑说："没关系，抄写一遍也是一样的，反正都能加强记忆嘛。我姐的听写作业也都自己搞定。"

李卓转过头，认真地说："笑笑，别跟你姐比。你姐长得漂亮啊，不需要亲力亲为。"

笑笑敲李卓的头："你说啥呢？！再说，再说我不帮你约我姐了。"

李卓举手投降。

5

也许是受到了李卓的刺激，笑笑也开始学着打扮起来。

她打了耳洞，龇牙咧嘴地对着小镜子往耳朵里戳耳钉，戳得满耳朵血也绝不手软。

她拉直了头发，让原本的一头乱发变得乖巧听话。

她还学会了贴双眼皮。上课的时候，我就看到她在课本后面藏起来一面小镜子，还有一小瓶胶水。用棉签沾点胶水，涂抹在眼皮上，再用一根小棍子稍微挑一下。完美！欧式大双。

笑笑再给我们看她的大头贴，我们都惊呆了。

那个女孩一点也不像她，我甚至有那么一瞬间以为，这就是我们班的班花同学啊！

我说："笑笑，我没发现，你咋越来越漂亮了？"

笑笑说："女大十八变嘛。有些人啊，就知道挖苦别人、讽刺别人，也不捯饬捯饬自己。个子高，人傻！"

我看到李卓的背影颤抖了一下。

笑笑好像没有看到李卓的反应，继续补充："现在追我姐的人可多了。再不努力，我姐就被别人追走了。"

李卓一拍桌子："笑笑你够没够？"

笑笑从鼻子里不服气地哼了一声："没够！你嘴这么贱，我姐迟早和你分手。"

李卓狠狠地瞪了一眼她，找借口说上厕所，出去了。

我说："笑笑，你没必要跟李卓较真，他就是和你开玩笑。他其实人还是挺好的，经常请你们吃饭，自己都舍不得花。"

笑笑说："那是他应该的。"

我说："哪里有什么应不应该。以后咱们自己挣钱了，花起来才有底气啊。"

笑笑说："路小佳你怎么和我外婆一样。我外婆，读过大学的，也经常这么说。"

我一脸问号。

笑笑说："咋了？"

我说："你不是说过，你外婆是文盲，连给你听写签字都不行吗！"

笑笑有些不自然，低头搓弄着自己的衣角："我哪里有说过。我外婆就是读过大学的，她可是那个年代的高级知识分子呢。"

我说："那你外婆为啥不帮你签字。"

笑笑说："因为我外公不识字，所以我外婆也就装不识字。我外婆很会为别人着想，担心别人说外公配不上她，故意假扮文盲的。"

我说："哦。"

6

笑姐和李卓分手那天，李卓跟我吐槽："还说是什么成都来的妹子呢，我看就是个见利忘义的负心人！"

我疑惑："你们不是相处得好好的？"

李卓往地上吐了一口痰："我呸！成天就知道叫我买买买，我哪里有那么多钱。"

我说："然后她嫌你没钱，把你给甩了？"

李卓沉默。

我说："下次笑笑说的话，你听一半信一半。"

李卓拼命点头："是啊！我已经发现了，她总是撒谎。唉，我还是听听歌吧。总有挫折打碎我的心～啊～紧抱过去压抑了的手～"

我说："Beyond 啊！要不一起听？我也想听歌了。"

李卓说："好。"

他把手伸进课桌肚儿，摸了半天，也没能摸到自己那个最新款的 MP3。

李卓脸色凝重："卧槽。"

我说："咋了？"

李卓说："我的 MP3，不见了。"

我说："是不是忘在家里没带？回去再找找！"

李卓说："我记得很清楚，我上午才用过，不可能忘在家里的。"

我说："所以你不仅失恋，还破财，真是人财两失啊！"

7

周围的同学们纷纷对李卓表示沉痛的哀悼，只有笑笑无动于衷。

还不知死活地去问李卓："哎，李卓，你那个 MP3 在哪儿买的？我也去买一个。"

李卓闷声闷气地说："学校出门右拐第三家电子用品店。"

笑笑说："多谢你啊！"

放学后，笑笑就跑电子用品店去了。

李卓的几个哥们儿觉得其中有诈，偷偷地跟在笑笑后面。等笑笑从店里出来后，就一拥而上，把店员围了起来。

然后七嘴八舌地打探消息："老板老板，刚才那个女生，是不是来买东西的？"

店员摇头："不是。"

众人刨根究底："那她过来干什么？"

店员说："找我下歌。她说要下蔡依林新专辑，我就拷给她了。"

有人问："她拿来的机子是不是蓝色外壳，灰色按键？"

店员说："是啊，你怎么知道？"

发问者跺了跺脚，气急败坏地说："这个小婊子，李卓的机子可能就是被她拿走的。"

李卓知道后，没有更多的表示。

他只是说："笑笑应该不至于这样，好歹我和她姐曾经谈过恋爱啊。你们想，要是笑笑真的是小偷，她就不会还特意来问我在哪儿买的东西。也许她确实买了一个一模一样的 MP3 呢？"

李卓脾气好，不代表别人也脾气好。很快地，流言就传遍了整个班级。

柴郡猫偷偷地告诉我："小佳，我觉得笑笑是小偷的概率很大。你自己的东西要保护好，别被顺了去。"

我说："不是吧？她就是平时爱说点谎，偷东西这种毛病……"

柴郡猫打断我的话："你知道吗？我上个月带了夹板来学校，结果当天下午就丢了。那天之后，笑笑开始每天拉直头发才来上学。后来我们去笑笑家玩，她堵着自己卧室门死活不让进去。我猜，她一定是担心我们发现她偷东西的秘密。"

8

MP3 事件过后，大部分人还是和笑笑维持着表面和平。

但内心深处，或多或少地，总有些疑虑。

柴郡猫叫上李卓和竹子，商量了一个办法。

笑笑到底是不是小偷？我们是不是冤枉了她？试一试，就知道了。

竹子把自己刚买的手机拿到学校里来，趁着下课，让大伙儿观赏。

很漂亮的翻盖手机，最新一期时尚杂志刚刚用大篇幅推荐过。粉红色，带着一圈小水钻，特别好看。

竹子故意蹭到我们这一块儿，说："李卓，来来来，合个影。"

李卓假装诧异："没有相机，你拿什么合影？"

竹子说："手机啊！我这个手机，最新款，带摄像头的。"

我瞄一眼旁边的笑笑，她假装不在意，却紧张得脸都红了。

几乎能听到她往下咽口水的声音。

下午第二节课是体育，所有的人都到操场去集合。

自由活动的时候，柴郡猫提议："咱们班搞一个女生篮球赛呗！全体女生都参加。"

大伙儿纷纷叫好。

去活动器材室取了球，再回到操场，笑笑已经以来例假为由溜了。

柴郡猫使了个眼色，李卓和竹子赶紧往教室跑。

我慢吞吞地跟在后面，心想："千万别让我看到不应该看到的事情啊。"

结果我那不好的预感还是应验了。

9

先是两个响亮的耳光，再是笑笑惊天动地的哭声。

这是我第一次看到笑笑哭。

竹子叉着腰，指着笑笑的鼻子："快点，把手机拿出来。不然我们就去跟老师说。"

笑笑辩解："不是我，真的不是我！"

竹子说："不是你是谁？奇了怪了，上个体育课就你偷偷地跑掉，以为我们都不知道是吧？我告诉你，你骗得了李卓，你骗不了我！"

笑笑无力地抗争："可是有可能是其他班的学生啊！"

竹子说："李卓，你赶紧去叫老师。我们看看到底是不是冤枉了她！"

李卓摇摇头，叹口气，就真的朝办公室走。

笑笑慌了："李卓你别去！"

然后在众人的注视下，慢吞吞地，从裤兜里掏出竹子的手机。

竹子轻蔑地白了笑笑一眼，没多说话，拿起手机往外走。

笑笑趴在桌子上，淌着眼泪。

她知道，所有的人都在戳她的脊梁骨，说她是小偷。

多难受啊。

李卓说："笑笑，我的 MP3 是不是也是你拿的？"

笑笑点头。

柴郡猫说："笑笑，我的夹板是不是也是你拿的？"

笑笑点头。

一时间，所有丢过东西的人都凑过来，愤怒地质问笑笑。

笑笑不停地点头，不停地点头。

竹子没有违背她的诺言。

笑笑主动交出了手机，所以她不跟老师告状。

可是笑笑受不了这样的环境，把自己私自拿的全部东西，托我还给失主。然后，就消失了。

10

谁也不知道笑笑去了哪里。

我知道。

她从学校退学，进了一家职业技术学院。

在一个没有人认识她的地方，重新开始。

笑笑说："小佳，你能理解我吗？"

我没说话。

她说："小佳，其实我真的很想同学们，可是我已经回不去了。"

我没说话。

她说："小佳，如果我结婚，你说他们会来参加我的婚礼吗？"

我还是没说话。

笑笑结婚很早。婚礼那天，没有一个同学去参加。

我们不知道她的老公长什么样子，她过得好不好。我们也没有兴趣去了解。

她没有贴自己的婚纱照，也没有炫耀自己的结婚戒指。她把自己的生活封闭了起来，像一枚小小的茧。

很多年以后，我们都已经长大成人，参加工作，也一个接一个地和心爱的人步入婚姻殿堂。

偶尔地，我们会想到初中时候的那段岁月，于是开始积极地组织活动，想跟彼此再取得联系。

那是没有任何杂念的、真实的、纯净的过去。

我们好像已经忘了笑笑曾经做过的事，大度地把她也拉进了微信群里。

直到大家相约开个同学会，却被笑笑拒绝，才有人酸溜溜地问：

"笑笑，你是没有脸来见我们吧！"

没想到笑笑被对方一激，答应得干脆。

可是同学会那天，我们端着酒杯，在饭桌上觥筹交错。

笑笑却终究没有出席。

A插嘴："今天是不是少了一个人啊？"

B喝得舌头都大了，含混不清地答："谁啊？我怎么没发现？人不挺齐的吗？"

C提醒大家："笑笑好像没来。"

D拿起筷子，夹了一块鱼："早说了，她没脸来。"

E来打圆场："她不是说长胖了，不想来吗？其实我是女生，我也能理解她。平时只要体重稍微上升，就死活不愿出门。大家理解一下。"

F却不依不饶："难道你们都忘了？她是谎话精，还是个小偷！"

谎话精和小偷，是没有资格和我们坐在一起的。

可是，长大后的我们，为了人际关系撒谎，为了职位晋升撒谎，为了讨女朋友欢心撒谎。

长大后的我们，还偷过前任的感情，偷过同事的信任。

我们拼命地用谎言来掩饰自卑，用窃取来满足一己之私。

我们撒过的谎，偷过的东西，好像并不比笑笑少。

都 是 序 章

1

紫苏和狗爷在一起的时候，全宿舍的姑娘们都不看好。

因为狗爷特别不靠谱，特别特别花心，特别特别特别配不上她。

狗爷是个顽主，挥霍了太多姑娘的真心，却偏偏有个人一直对他无动于衷。

他跟在那个女孩的身后，屁颠屁颠地付出一切，终于等到女孩点头。

然而相处时间不过三个月，就分手了。

女孩原本是有男友的。和男友赌气，选择狗爷，出双入对几个星期，男友就受不了，低下头来乖乖认错。

于是女孩头也不回地踹掉狗爷，和前任再续前缘了。

也许，这就是所谓的现世报。

狗爷苦苦哀求，也没办法挽回，最后只好带着女孩给的满身伤痕，和一帮社团好友，游山玩水，以慰心中寂寥。

紫苏也是这个社团的成员。在漫天风沙的阿里，在明亮得晃眼的星空下面，她看着狗爷帅气的侧脸，偷偷地喜欢上了他。

狗爷是个聪明人，紫苏那点小心思逃不过他的眼睛。

刚好旅途寂寞，干脆找个床伴。

某个夜晚，社团的小伙伴们因为无聊，提出玩真心话大冒险。那一轮，刚好抽到狗爷大冒险。狗爷顺水推舟，跑到紫苏面前，亲了她一口。

紫苏的一颗心，从此就被狗爷带走。

2

这不是紫苏第一次谈恋爱，但绝对是最痛苦的一次。

她付出得太多，爱得太深刻，就连狗爷的朋友都有点看不下去。

最后，依然没有换回一个好结果。

和狗爷约会回来后，紫苏经常性地沉默，偶尔还会看到她坐在安全通道里哭。

紫苏哭得很压抑，很小声，把头埋在臂弯里，谁也劝不了她。

除了一个电话。

我们不知道那个电话来自何方神圣，只知道它有巨大的威力。

紫苏跟狗爷吵架，别人的电话都不接，唯独这个人例外。每次只要她看一眼屏幕上的名字，就会抹抹眼泪，滑动解锁。

然后跟对方说着说着，嘴角慢慢地有了笑意。

我八卦地问她："谁啊？"

她说："一个朋友。"

我说："能看看照片吗？"

她大方地把手机递给我。

照片上的男生，清清秀秀，戴着金边眼镜。

我说："你们认识多久了？"

她说："快十年了。他是我初恋。"

我的眼珠子都快掉出来了："你初恋？"

她说："是啊。不过我们那时候都还小，根本不懂什么是恋爱，就跟小孩子玩过家家一样，分手也分得风轻云淡。到现在，还能做朋友。"

3

紫苏的初恋小江江，绝对属于暖男型的。

平日里不常与紫苏联系，各自过着各自的生活，互不打扰。

可一旦看到紫苏人人网状态更新了负能量，绝对不出三个小时就打来电话。两个人叽叽喳喳说一阵子无关痛痒的话题，心情也就跟着好起来。

一开始，大家还担心狗爷会不会吃醋。后来发现，这担心完全就是多余的。

狗爷看上的妹子一只手都数不过来，成天忙着到处献殷勤，哪里还顾得上去了解紫苏的日常？

在外面玩累了，才会想到身后还有一个她。

狗爷跟紫苏谈恋爱以后，在学校外租了一间房，各种生活琐事都是紫苏在操心着。

买菜、洗衣服、洗碗。狗爷只需要回来吃饭、睡觉，就可以了。

偶尔，狗爷大发慈悲地陪紫苏去逛超市，挑了一堆昂贵的东西后，抱着手肘站在一旁，等着紫苏把银行卡拿出来刷卡买单。

他根本没注意到，紫苏的手上，已经生出了灰白色的鳞片一样的皮屑。

因为皮肤敏感，又长时间接触洗衣粉洗涤剂，她时常觉得手指发痒。

从药店买药膏回家，涂来涂去也不见效。去医院一看，银屑病。

医生嘱咐她，少接触化学制剂，多休息，保持好心情。

她就苦笑。上面这几条，她一条也做不到。

狗爷不爱做家务，不愿洗碗洗衣服，所以她少不了会继续和各式各样的洗涤剂打交道。狗爷经常在外面喝到半夜才醉醺醺回来，她白天要上课，晚上要照顾狗爷，根本没办法保证休息时间。面对姑娘，狗爷总是禁不住诱惑。面对这样的一个爱人，紫苏完全高兴不起来。

但紫苏爱他。

终于有一天，狗爷发现了紫苏手背上的那块皮屑："这是什么？看起来好恶心。不会传染吧？"

紫苏说："皮炎嘛，听医生的，多吃蔬菜多喝水，按时上药。并没有什么大不了。"

狗爷说:"那你自己好好养病,我最近就回宿舍住吧。"

4

狗爷这一去宿舍,就再也没回来过。

紫苏在出租屋里等啊等啊,等到的是狗爷劈腿的消息。

过去的那些花边新闻,紫苏压根儿就不在乎。想跟小姑娘们撩拨一下,也不是不能忍。只要狗爷还愿意回家,那就是好的。

但是狗爷终究是劈腿了。

劈腿对象是当初那个甩掉狗爷的姑娘。姑娘男友出国,空虚寂寞冷,于是小指头一勾,狗爷马上像狗一样地上了姑娘的床。

紫苏没有哭。

大概悲伤到极致的时候,眼泪是流不出来的。

她躺在宿舍的床上,不吃东西,也不喝水,呆呆地看着天花板,沉默。

连小江江打来的电话,紫苏也不接。

我们都觉得很不科学。

紫苏在床上躺了一天,两天,三天。

到第四天,紫苏从床上爬起来,蓬头垢面地打开了电脑。

然后开始打游戏。

游戏是小江江通过短信教她的。简单,容易上手,好玩。

紫苏噼里啪啦按着键盘,对着游戏里的怪兽释放了一票技能。

两发暴击后，怪兽血肉飞溅。

紫苏一边摔鼠标，一边大喊大叫："去你的狗爷，你就是个狗！你就该被干成杂碎！"

她终于哭出来了。

这是小江江和紫苏认识的第十一年。小江江隔着电脑屏幕，温柔地告诉紫苏："狗爷不是东西。骂他。干他。但不要想他。"

紫苏痛哭流涕："是啊，我再也不要想他了。"

5

后来，我们从大学毕业。

读研的读研，工作的工作，期间大家一直保持联系，也跟紫苏问起过小江江。

小江江在上海工作，和紫苏在的地方，隔着五个小时动车的距离。

用时间丈量，不算远。用空间丈量，不算近。

后来的我们，想明白了很多事情。

比如什么样的爱情，才是好的爱情。什么样的生活，才是真的生活。什么样的人，才值得一颗真心。

紫苏和狗爷，自然也明白。

狗爷又一次被姑娘抛弃后，和狐朋狗友喝醉酒，偏偏倒倒地回到住处。

却听不见紫苏那一声亲切的"你回来啦"，也闻不到厨房煤气灶上咕噜咕噜冒着泡的酸辣汤的香味。水槽里堆满了盘子无人清洗，扔在地板上的袜子发了霉。他看着眼前这间空荡荡的房子，突然对"感情"两个字，大梦初醒。

他疯狂地给紫苏打电话，紫苏不接。

再发短信，紫苏不回。

这才确定，世界上除了父母之外最爱自己的那个人，已经回不来了。

而这个时候的紫苏，正在一遍一遍地刷新小江江的微博页面，并且变态地追踪着和他互动频繁的几个妹子。

公司外派小江江出国进修，在遥远的美利坚。

紫苏没有办法去找他，只好采用网络监视的方式，寄托自己那一点点的少女心。

她的电脑桌面上，是小江江的照片。她和小江江的对话框，总是打开的。但对话框上端，永远保持着"正在输入"的状态，有的话，再也不好说出口。

要对他说什么呢？

谢谢？

想你了？

我喜欢你？

好像怎么说，怎么尴尬。

大家分开了好多年，期间一直联系，可是算起来见面次数寥寥可数。平日里像是什么话都能说的知己，其实什么也不能做。况且，这个人参与了自己与狗爷那段狗血恋情的全过程，一切不堪回首的

174

过去，都被对方看在眼里。万一说出了口，连现在的关系都保持不了，那该怎么办？再说，对方已经去了那么遥远的地方。有的话，讲得太早，讲得太晚，都是幻灭。

你看，在漫长的时间过后，我们终于也学会了，面对喜欢的人，保持沉默。

6

毕业第二年，紫苏离开北京，来到上海。

在北京的时候，紫苏工作得并不算顺心。她手上的那块银屑，一直都没有好转，面积也有继续扩大的趋势。

她想换个环境试试。

于是，收拾好行李，买了去上海的机票。

送紫苏离开北京后半年，我接到她的电话："叫大家一起出来，吃个饭吧。"

我诧异："你不是在上海吗？最近又没假，这么快就回来？"

她的声音是雀跃的："可是我交了新男友，理当请你们聚聚啊。"

在大学时常聚的那家小饭店，我们看到了紫苏的新男友。

清清秀秀，戴着一副金边眼镜。

正是她的初恋小江江。

在众人诧异的目光中，紫苏拉着小江江的袖口，微笑着讲完了后来的故事。

刚到上海，紫苏明显手足无措。

租房子、找工作，每天挤地铁挤到万念俱灰。

找不到朋友说话，只好打游戏。尘封了两年的游戏，打开来，很多操作都生疏了。

公会里的人走了大半，剩下的，头像灰暗，也许再也不会上线。

她指挥着自己的角色孤孤单单地在世界上走，也不知道自己到底想干什么。

这个号，还是当初和狗爷分手，小江江帮着开的。

小江江说："很多事情都没什么大不了的。跟打游戏一样，当时觉得好玩，恨不得每天战通宵。一段时间后，却总有更新鲜的东西吸引你的注意。"

她说："可是我觉得，我没有办法再爱上别人了。"

小江江说："你不要心灰意冷呀，先打了游戏再说。"

这游戏一打，果然让她忘了时间，也发泄了在狗爷那里受的气。

可是中间那么长时间过去，也没有第二个新鲜的人能吸引自己的注意。和小江江认识的第十二年，她终于发现小江江的好。

小江江在上海读了几年书，对这个城市十分熟悉。他不厌其烦地在微信上教她怎么和房东砍价，哪里可以买到新鲜的水果和海产品，水电费在什么地方交。那种熨帖让紫苏感到安心。

可一旦想到这个人已经在遥远的大洋彼岸，紫苏就恨自己，恨到牙痒痒。

却怂到不行，不敢告白。人啊，就是这样，年纪渐长，勇气渐失。

其实，一切怂的原因，都是害怕失去吧。

到上海三个多月后的某一天，紫苏坐地铁去上班。刷朋友圈，刷到小江江的。

小江江说："我妈叫我培训完就回国相亲。好郁闷,感觉自己老掉了。"

紫苏在地铁上被挤得没地儿插足,还有人放屁。车厢里充斥着一股二氧化硫的味道,心情暴躁。

她看到小江江这条朋友圈,想到自己和对方认识了十几年,在青涩的年代已经老公老婆互相称呼过,中间虽然拐了弯,但也算时刻陪伴着对方,现在却有可能被陌生的姑娘插足,顿时怒火中烧:"相个屁啊,跟不认识的妹子谈恋爱,还不如吃回头草,好歹知根知底。"

小江江回:"我怕,我怕这棵回头草不想被我吃掉。"

紫苏:"胆小鬼。"

小江江回:"那我吃了?"

紫苏想也没想,就厚着脸皮回:"好呀好呀!"

就是这样。分开多年后的两个人,因为一段简单的对话,再次确定了对方的心意。

培训结束,小江江第一时间飞回上海,找紫苏。两个人搬到一起,开始了热热闹闹的新生活。

紫苏笑着把手指伸到我们面前:"看,我的手再也不起皮了。"

7

所有的人都喜欢连续函数,全部的波动都是平滑相接的。偏偏有的人出现在自己的世界里,就像一个分段函数。很多时候碰到断点，会让人不知所措。

但有些人却并不看重那些断点。他们看重的是在换了一万种方法打发等待的时光后，还能记得自己最初在等什么，最后想要什么。

当等的那个人发出一个试探的脉冲信号，心里仿佛啪地一声翻开一个八音盒，叮叮当当奏响献给爱丽丝，有个小人儿在镜子上旋转着。

故事在十几年前相遇的那一刻就开始了，中间离散的那些时光，好在并没有浪费，都是爱情的序章。愿命运之神难得糊涂，愿有情人终成眷属。愿昨日散作天上的繁星，未来已在来的路上。

记得小苹初见，两重心字罗衣

1

小苹去美国留学，认识了罗衣。

两个人初次见面，是圣诞夜。在学校后面的酒吧喝酒，客人太多要拼桌。

凑一块儿聊到兴起，呼啦啦地一桌酒就下去了。

小苹被罗衣搀扶着回到住处，眼泪鼻涕抹了对方一身。

罗衣摇摇头，准备找毛巾给她擦擦脸。

结果被小苹拉住，然后小苹的嘴毫无征兆地吻上了他的唇。

第一次见面，就滚了床单。罗衣觉得太不可思议了。

况且小苹在国内是有男朋友的。

后来再相约喝酒，罗衣有点不好意思，小苹倒落落大方："罗衣，你别尴尬。在这里谁也不认识你，谁也不认识我。咱们各自有各自的生活圈子，做个性伴侣，也挺好的。"

罗衣耳根子发红："我就是觉得对不起你，你有男友，不是吗？"

小苹给自己倒了杯黑啤，仰起脖子一饮而尽："是啊。可是我男友，什么都抢在我前头。读书的时候，他比我高两级。他出国，我还在念大二。他回国，我就出国。为他守身如玉快四年，结果把他送到了别人的床上。"

罗衣讷讷地说："那你也不至于……"

小苹把杯子摔在桌子上，玻璃杯发出沉闷的声响："他寂寞，我也寂寞。他可以和别的女人乱来，我为什么不可以？"

罗衣尴尬："为什么是我？"

小苹咯咯地笑："因为你很像他。"

2

罗衣就这么不明不白地沦落为小苹的炮友。

他曾经想过要反抗，但是在暴脾气的小苹面前，所有的反抗都是徒劳的。

日子一长，也就慢慢地习惯了小苹和自己的相处方式。打个电话，约好时间，买上牛排红酒，到小苹住处。一起做顿饭，然后迫不及待脱裤子滚床单。事儿完了，躺在一块儿腻歪一阵子，再不情不愿起身收拾杯盘。

小苹和男友的事儿，罗衣只问过那么一次。后来，谁也不想提起这茬。

毕竟，除了聊天吃饭，嘴巴能做的事情还有很多。

时间宝贵，不要浪费嘛。罗衣这样安慰自己。

小苹长得好看，性格开朗。跟她在一起，不用去考虑那么多。况且在人生地不熟的美国，罗衣也寂寞。

相处的时间长了，罗衣渐渐地发现小苹身上有许多优点。

有时候，小苹会约他一起逛街。逛完街回来，吵闹着自己小腿酸痛，罗衣也会帮她捏捏脚。

有时候，罗衣也会把电脑带来，和小苹挤在一张桌子旁写论文。看电脑看到头晕眼胀，小苹也会帮他磨一壶咖啡。

热气腾腾的咖啡，喝起来比喝酒舒服多了。

就是小苹睡眠不好，沾点咖啡因铁定失眠。

罗衣就陪她聊天，一直聊到天亮。

有时候，罗衣看着小苹明亮的眼睛，也会想："要是这个姑娘是自己女朋友该多好。"

又摇摇头。像小苹这样的女孩，经历太复杂。要找女朋友的话，还是傻一点比较靠谱吧。

3

学校里的同学都知道罗衣和小苹的事儿，也曾打趣过他俩。

小苹只是笑，喝酒，不多说话。

一向咋呼的她，在有人问起罗衣的时候，总是选择性失语。

留学圈子里，这种情况不少见。

大家都很孤单，那么就互相做个伴。

生病的时候有人照顾，失落的时候有人安慰，到了毕业那天，一拍两散。

就这样相处下去，并没有什么不好。回国以后，还是清清白白，各奔前途。

小苹想得很清楚。

罗衣也明白这个道理，所以从来不和小苹说起未来。漂泊在外，过好眼前。未来那么远，谁又能跟谁做承诺。

就像小苹在国内的男友，也曾信誓旦旦海誓山盟，也曾指天画地花前月下。也曾甜蜜过，承诺过，最后却以劈腿做引，分手收场。就连分手的消息，都不敢亲口告诉对方。

小苹收到男友讲分手的电子邮件的那天，正跟罗衣一起写论文。查资料查到天昏地暗，打开邮件的那一瞬间仿若石像。

她没有哭，没有闹，只是笑着让罗衣来看。

她的笑是惨淡的，咧着嘴，嘴角却朝下坍塌，整张脸比哭还难看。

小苹说："看吧，其实我早就有心理准备，会迎来这么一天的。"

罗衣说："你也别难过了，你还有我呢。"

小苹说："我还有你，对啊，我还有你这个好炮友。"

罗衣拼命点头，然后起身准备给小苹煮点吃的。

可是站在厨房里，面对着锅碗瓢盆，他的手一直抖，一直抖。把小半瓶油，全部撒到了灶台上。

于是找来洗涤剂和抹布清理残局。一边拼命擦桌面，一边摇摇头，嘲笑自己："小苹关你什么事？你做好炮友的本分就好了。"

可是罗衣的心，居然像被挤上了柠檬汁，有那么一点点的酸涩。

4

分手后的小苹，还是和过去一样嘻嘻哈哈没心没肺地和罗衣约炮。前男友给她带来的打击，她似乎并没有放在心上。

尤其是快毕业的那段时间，小苹几乎天天和罗衣腻在一起。

也许是知道以后可能再也不会见面，所以现在的每一分每一秒都不要浪费。

一起在檐下躲雨，一起穿着拖鞋就出门满大街找夜宵，一起做饭，一起去游乐园，一起看电影。做这些事的时候，两个人都很快乐，谁的脸上也看不出悲伤。

小苹先回国，走的时候罗衣没有去送她。

罗衣把自己关在房间里，坐在窗前看天上。

一个月后，罗衣的飞机也轰隆隆地起飞了。

小苹去了北京，租了房住了下来，开始焦头烂额找工作。在碰过无数次壁后，终于稳定。打开微信想发条朋友圈，刚好看到罗衣的头像。

回国以来，她从来没有联系过罗衣。她突然很想知道罗衣在干啥。

罗衣的回复有些冷淡："在忙啊。"

小苹好奇："在哪儿呢？忙些什么？"

罗衣简简单单几个字："广州，设计。"

小苹继续追问："一切还好吗？"

罗衣说："好。"

罗衣的漠然让小苹有些沮丧。她不明白，在美国的时候，明明相处得好好的，就算做不成恋人，也可以做朋友吧？为什么一回国，就有点翻脸不认人的味道？

小苹说："你怎么啦？"

罗衣说："最近工作多，爸妈催着相亲，觉得心累。"

小苹说："干吗要相亲？"

罗衣说："笨蛋，我年纪大了啊。"

5

小苹被罗衣这一句"年纪大了"击中心口，有点回不过神来。

刚从学校毕业，还应该是少年啊，罗衣竟然提前出现了衰老。

小苹努力地找笑话，找鸡汤，拼命给罗衣灌。她说："赶紧打起精神来啊！相亲啥的，真没意思。"

罗衣笑笑："是啊，真没意思，还不如和你做炮友。"

小苹说："可是，我们现在离得太远了。"

从公司加班回家，小苹瘫倒在床上。躺了一会儿，准备起身冲澡做饭，结果浴室的喷头坏了，洒了她满身凉水。

她一边打喷嚏，一边发微信语音："尼玛，回来这么久，就没个顺心的日子。喷头坏了。"

罗衣说："赶紧给修理工人打电话。"

小苹说："我没有修理工电话。"

罗衣说："我来帮你找。你自己在北京，要照顾好自己。我没办法和以前一样，帮你修水管、煮饭、吹头发。"

小苹的声音里带上了哽咽："罗衣，我想你了。"

罗衣语气忽的又变得冷漠："那又怎么样？别忘了，我们只是炮友。"

小苹说："可是如果我爱你呢？"

在离开对方大半年后，小苹终于想明白了。和罗衣在一起的日子之所以快乐，不是因为他像前男友，而是因为，他像他。

过了半晌，罗衣终于回话："我也爱你。"

小苹说："那我来找你，好不好？"

罗衣说："不好。"

小苹说："为什么不好？"

罗衣说："你来找我，我也没精力照看你。再说，我们一开始的路就选错了。"

6

小苹按捺不住内心的思念，还是去广州找罗衣了。

相爱的两个人，见面过后，大概所有的问题，就不再是问题吧。

罗衣去机场接她，胡子没刮，一头乱发。

小苹蹦蹦跳跳地揉揉他的头发："罗衣，咱们一会儿去哪里玩？"

罗衣说："我昨晚刚加过班，我想先回去睡一阵子。"

就在进门的那个瞬间，屋内的潮气扑面而来。

桌子上，放着便当袋子、泡面盒子。没来得及收拾的烟灰缸，烟头已经满得快要溢出来。

沙发上，乱七八糟地扔着外套、裤子、袜子。

地板上，外卖小卡片、家政公司广告单散落得到处都是。

罗衣躺在床上，小苹也跟了过去，和他并排躺下。

小苹说："罗衣，你怎么住在这样的地方？"

罗衣叹气："经济不景气，我爸的公司快倒闭了。"

小苹说："那怎么办？"

罗衣说："相亲啊。如果能找个红二代，拿点政策，家里就不会这么难过了。"

原本小苹的计划是直接扑倒他，像还在美国时候一样，用激情把罗衣融化。可是现在，她决定放弃。

因为她感到难过。

原来，不是罗衣不想爱她，不是罗衣故意拒绝她，是真的没有精力再来照顾她，没有办法让她如过去那般活得自在光鲜、无忧无虑。

眼下的罗衣，连自己尚且是勉强对付，更不要说她。

她自己呢？除了满腔热情外，实在帮不到他。

她突然就明白了，罗衣冷冰冰地凶她时，怀着的是怎样的一种心情。

罗衣裹着外套，很快地陷入睡眠。

小苹轻手轻脚，起身打扫卫生、整理物品、洗衣服，又偷偷拿了罗衣的钥匙，去楼下便利店，给他买来蔬菜、水果和牛奶鸡蛋，充实他那干净得可怜的冰箱。

然后从罗衣背后，抱住了他。

这是他俩开始约会以来，第一次没有上床。

可是也是第一次像一对真正的情侣。接对方回家，然后共同处理生活的琐事，互相拥抱，淡然入眠。

小苹抱着罗衣，颤抖着流泪。

就让分别的时间，来得再慢一点吧。

小苹回北京，罗衣推掉爸妈安排的相亲，坚持要去送她。

小苹耍赖："你不是要和别的女人结婚了？你结婚了还会记得我吗？"

罗衣无奈地刮刮她的鼻尖："笨蛋，一定会记得你呀。"

小苹问："那我们下次什么时候见面？"

罗衣低下头，想了一会儿："也许，是一辈子呢。"

7

你从来没有问过我要不要在一起，我也从来没有邀请过你要不要一起走。其实如果说出口，哪怕是用玩笑的语气，我们应该都会点头。故事到回国那天就该画上一个句号，但我又情不自禁死皮赖脸地狗尾续貂，用一天一夜的恋爱，弥补上过去两年的空洞。

信誓旦旦说只做朋友，最后成了回忆里开不了的口。留不住的人和遗憾，终有一天会消失在风中。我们终于又回到了各自的城市，过上了没有对方的新生活。偶尔想起你，也只有一点淡淡的心痛。

这个世界太残酷，只有初见是久别重逢，余生都是漫长的道别。

犹记小苹初见，两重心字罗衣。

当时明月在，曾照彩云归。

所爱隔山海，山海不可平

1

如果我们没有办法联系到大蒜，我们可以去联系西兰花。

因为有大蒜的地方，就一定会有西兰花。

大蒜微信被盗，西兰花第一时间发朋友圈警告大家不要按照盗号者的指示给所谓的朋友充话费。大蒜上淘宝买东西，留的永远是西兰花的联系方式。大蒜工作忙，加完班回家，西兰花一定早就准备好夜宵，放在蒸锅里蒸着，冒着热气，等着大蒜享用。

和西兰花住一起，大蒜可以少操很多心。两个人打打闹闹，日子过得平淡又幸福。

很多人都以为，西兰花和大蒜是一对儿。当朋友聚会，有人开玩笑般提起，大蒜也不辩解。看着西兰花涨红着脸唯唯诺诺要反驳，眼睛笑成一对月牙。西兰花要喝酒，大蒜准她跟猫一样舔两口，然后抢过杯子，说："不许再喝了。"

西兰花瞪大眼睛盯着大蒜装生气，大蒜就说："瞪啥！你胃不好。喝两口意思一下就成，回家去我给你煮粥。"

饭桌上的人，心理活动很一致："尼玛，这对小情侣又开始秀恩爱虐狗了。"

只有我才知道，西兰花是真想喝酒。她心里有太多的苦，都说不出来。偶尔喝点酒，发泄一下，也是好的。

但是大蒜太残忍，连个买醉的机会都不愿意给她。

2

西兰花和大蒜认识时间不短了。

从高中开始到现在，近十年。

在这十年里，两个人像连体婴儿一样相处。读书时不在一个班，可每天晚上都会在路边摊看到他俩一块儿吃东西。冬天天气凉，两人没有钱，就买一个饼切两半，嘴边呵出一口白气。

毕业后不在一个学校，可每个礼拜西兰花都去大蒜学校找他。那时候依然很穷，不敢去开房间，就挤在大蒜宿舍的床上，盖一床被子，嗅着男生宿舍特有的汗味入睡。开始找工作了，西兰花干脆跟大蒜合租了房子，一起上班，一起挤地铁，一起在地铁上贴着脸看一张早报。各种节假日，约好一起逛街吃饭。

如果有人问："你们是不是在谈恋爱？"

西兰花就回答："没有啊！"

然后继续跟在大蒜屁股后面转悠。

提问的人嘴角一瘪，不明白这两人到底为什么要装傻。

每次被人问这种问题，西兰花的心情都特别惨淡。

因为她和大蒜没心没肺地相处了这么多年，却从来没有跟对方做过任何出格的行为。

只是好朋友而已，只是无话不说、无话不谈的好朋友而已，只是可以和他搭伙过一辈子的好朋友而已。

可以用一个杯子喝水，可以为对方收拾房间洗内裤，可以拥有共同的朋友圈，可以住到一块儿，甚至可以睡一张床。

但是，也只是好朋友而已。

因为西兰花喜欢大蒜，大蒜也喜欢西兰花。可是大蒜是个 gay。

3

西兰花从中学时代起就暗恋大蒜。

刚开始，她以为那只是一点点的好感而已。

毕竟年纪太小，很有可能分不清友情和爱情。

但是，当跟朋友约好去看一部向往了很久的电影，大蒜却打电话来说自己心情不好，想叫西兰花去吃点烧烤喝点夜啤酒时，她完全没有办法安心。

坐在电影院的椅子上，握着爆米花和可乐，屏幕上各种绚烂的特技在眼前炸开，西兰花脑海里来来去去的却是大蒜那张失落的脸。

她把爆米花往朋友手里一塞，借口都懒得编，就跑回学校找他。

也就是那天起，她终于肯承认，自己是真的喜欢他。

西兰花是个要强的姑娘，她死活不愿意跟大蒜告白，她选择了死心塌地对大蒜好。

可是，人生有三件事是永远没有办法去掩盖的：咳嗽、贫穷和爱。越是掩盖，就越是欲盖弥彰。

大蒜知道西兰花的心意，却并不愿意说破，因为他享受和西兰花做朋友的那种感觉。两个人想法三观都出人意料地一致，经常不经意地做出一样的举动，说出一样的话，唱出一样的歌。两个人在同一座城市，互相照顾，真的很难得。

直到大蒜谈了恋爱。

4

大蒜谈恋爱，第一时间就给西兰花打电话宣布出柜。

当时西兰花正坐在去市里上班的公交上。

西兰花苦笑着说："是吗？挺好的。我支持你。我以前身边也有同性恋，我觉得没有什么大不了。"

大蒜感激地说："你能理解我就好。你真好。"

挂掉电话，西兰花只觉得眼前发黑，身子摇晃，只好抓住头顶的拉环，让自己不至于滑到地板上去。

西兰花想，等了这么久，结果却不尽如人意啊。

西兰花一直标榜自己是个为爱而生的人。在她的心目中，爱情是特别的。爱的人，应该是唯一的，而这个唯一的人，是男是女都可以。

她也认识同性恋，不反对同性恋。她认为人有权自由选择自己喜欢的性别。

只是如果发生在自己身上，却无论如何都感到痛心。本来应该替大蒜高兴，但她终究没有大度到可以笑着祝福爱的人去往一个没有她的世界。

但她根本狠不下心离开大蒜。她喜欢大蒜，甚至可以说很爱大蒜。因为爱，所以不谈恋爱也没关系，只要能永远在一起就好了。

大蒜把男朋友带回了和西兰花合租的房子。

于是，跟大蒜斗嘴的，不再是她；和大蒜肩并肩窝在沙发里听歌看电影的，不再是她；大蒜在厨房忙活，能从后面抱住他的腰的，也不再是她。每每看到大蒜和男朋友在客厅腻歪，西兰花的眼睛就觉得难受。

很多心灵鸡汤大师都说，告别不了旧爱，大概只因为新欢不够好，时光不够长。

所以她终于也谈了个男朋友，想尽量减少和大蒜相处的时间。

西兰花想，这样下去，也许慢慢地，就能够淡然了。

可惜西兰花想错了。

5

西兰花的男朋友对她不错，温柔体贴。

处了大半年，男朋友跟西兰花说："要不带我见见你的朋友？我请他们吃个饭。"

西兰花出乎意料地表示抗拒："不用了吧，咱们刚在一起多久，节奏别太快。"

男朋友有些恼："快吗？不至于吧。我还想着什么时候让你搬过来住，就不用跟大蒜挤了。"

西兰花一听，整个人蹦得老高："不行！不行！我不接受！"

男朋友说："西兰花，你到底怎么回事？我跟你在一块儿，感觉和地下情似的。你觉得这对我公平吗？"

西兰花不声不响。过了老半天，才说："不公平。"

男朋友说："那你打算怎么办？"

西兰花说："不打算怎么办。我们分手吧。"

西兰花就这样失了恋，回到大蒜身边，给大蒜当挡箭牌。

将错就错，帮大蒜掩盖他是个 gay 的事实。

大蒜和男朋友吵架，对方一气之下摔门出走。

大蒜喝得大醉。西兰花默默地扫地、擦桌子，给大蒜做醒酒汤。

西兰花坐在大蒜身旁，用手指拂过大蒜的脸颊。剑眉星目，鼻梁高挺。她看着这张脸，无数次在午夜梦回想起的脸，忍不住俯下身，亲吻了他。

她没有想到，大蒜竟然哭了。

6

2015 年末，美国同性恋合法化，开放登记结婚。

大蒜笑着说："不知道我等不等得到中国有这么一天。"

西兰花低下头，搓弄着自己的衣角："万一就等到了呢。"

大蒜说："可是，我不能让爸妈难过啊。"

大蒜和男朋友相处得再好，也没有勇气让父母知道这个事实。他说，自己以后还是会找个女孩子，结婚，要小孩。

西兰花鼓足勇气："那你找我吧。"

大蒜摸摸她的头发。

"你知道吗，其实很早以前，我也是喜欢你的。当然，哪怕到今天，我也喜欢你。"

"所以呢？"

"所以我还是不能和你在一起。我对你的喜欢，是精神上的。可是对男友，是两者都有的。"

"所以，喜欢可以分很多种。但那都不是爱。"

"所以，你明白吗？"

西兰花擦了擦眼角。

钥匙在门锁里转动，大蒜的小男友打开了门，然后跳到大蒜怀里，撒娇取闹："喂，我饿了，快给我煮饭！西兰花吃了没？一起吃点吧！"

在小男友那里，西兰花好像也成了生活的一部分。三个人一起过，也没有什么不能接受的。

大蒜深深地看了一眼西兰花，西兰花不说话了。

7

2016年初，西兰花和大蒜去见了双方的父母，准备买房。

小男友表示理解，还抱抱西兰花，说："大蒜这些年，辛苦你了。"

人前人后，大蒜对西兰花也不错，会在人多的时候牵着她的手，会在她苦恼的时候借给她自己的肩膀，会在她撒娇无理取闹的时候纵容她。

但是大蒜的爱，是只给一个人的。那个人，终究不是她。

当你陷入盲目热烈的爱里，是一种什么样的体验？

是不管再忙只要一条短信就可以奔赴他身边。

是每当他和爱的人吵架，你就告诉他，还有你呢。

是自己懒癌晚期还愿意帮他做饭洗衣收拾房间。

是他有了伴侣你低落时的深深叹息。

是可以过年探亲假装女友甚至牺牲下半辈子和他结婚。

是愿意为他当挡箭牌，愿意为他承担苦难，是明知流水远去不可留却依然愿意做落花的无奈。

是明知山有虎偏向虎山行的果敢。

是不如归去不如归去的伤感。

大蒜可以配很多菜，但西兰花只愿意配大蒜。

所以啊，爱情还是那种所爱隔山海，山海不可平的无奈。

赝 品

1

　　天晴的时候丹丹总爱叫大黄带自己出门溜达。太阳那么晃眼，
天空那么蓝，从北海公园到鼓楼，从潭柘寺到后海，到哪儿都是好
风景。

　　如果宅在小屋里，真是一种辜负。

　　可任凭丹丹再怎么吵闹着要出门，大黄通常是不太情愿的。

　　因为大黄怕花钱。

　　大黄是从一个小县城奋斗到北京的小青年。在北京漂了快十年，
已经养成了节俭的生活习惯。当丹丹说"大黄，我还没去过这里那
里，咱们周末一起去吧"的时候，大黄的回复永远是一句："没钱"。

　　大黄经常跟丹丹忆苦思甜："想当年，我只身来到北京，在一家
玉器行做文案策划。我特别穷，每天只敢吃一碗六块钱的蛋炒饭。
后来，和同事起了冲突，同事打得我满脸是血，我只好给大学同学

打电话。他帮我找到这间小屋，我就住了下来，一直住到现在。生活真的不容易呀……"

丹丹拍拍大黄的头："没关系，现在不是还有我吗。"

大黄委屈地看着丹丹的眼睛："所以我得努力存钱，存了钱，才能娶你。"

丹丹叹口气："明白明白。咱就在家看电视剧，不出门了。"

2

大黄的出租屋，在天通苑小区里。一套七十平米的房子，分割成近五六间，每间小屋不到二十平方，只容得下一张高低床，一个小桌板。

大黄租下的这间房，不仅小，还没有窗户。一进屋，只能开灯照明。高低床上，密密麻麻地塞着他的衣服。床板下，放着脸盆和洗涤剂。小桌板面上，整齐地码着大堆大堆的书。一进屋，就只能坐在铺着泡沫的地板上。有时候泡沫板松动，还能看到黑色的小虫子爬来爬去。

一口电饭锅，就放在床头。两个人经常去苍蝇馆炒一个菜，就着白米饭吃一顿，再把剩下的打包回来，用电饭锅煮点干粮，剩菜倒进去拌拌，两餐饭花不到二十块钱就解决掉了。

房东大妈来收房租，看着这对小情侣大夏天的没空调，挤在一块儿汗流浃背，就一个小破风扇呼啦啦地吹，有点不忍心："我说大黄，你在这里住了快三年了，也该存了不少钱。你旁边那个主卧刚空出来，要不搬过去？我给你算优惠价。"

　　大黄头也不抬，问："多少钱？"

　　房东说："算你一千块，有落地窗，也有空调。"

　　大黄说："太贵，不要。"

　　房东讪讪地说："别太抠，委屈人家姑娘。"

　　大黄不愿意多花钱，丹丹只好继续跟着他住小破屋。她爱大黄，能容忍大黄的一切，哪怕跟着大黄吃苦，也乐乐呵呵的。

　　丹丹说："没事儿，剩下来的钱咱们可以去吃点好吃的。"

　　大黄说："就是，今晚就请你吃大餐！"

　　丹丹欣喜，然后被大黄牵着手带到了一片类似民工食堂的地方。

　　大黄点了个麻辣香锅，扬扬自得的声音在污浊的空气里响起："看吧，丹丹，我对你好吧，还请你吃好吃的。"

　　丹丹盯着一只在餐桌上飞飞停停的苍蝇发呆，好像没有听到大黄的话。

　　过了半晌，丹丹说："大黄，我想好了，再这样下去不是办法。我还是去找份工作吧。"

　　3

　　丹丹找到的工作，在一家外企，比大黄上班的地方气派很多，老板也大方很多。

　　就是加班特别狠，经常熬夜，双休日也基本上和丹丹无缘了。

　　大黄一开始是赞成丹丹工作的。毕竟，当年和丹丹在一起，说的"没工作不要紧，我养你"只是被爱情冲昏头时的轻飘飘的承诺。到真的身边添了一张要吃饭的嘴，大黄就力不从心了。但大黄没想到，平日里在家给他洗衣服煮饭收拾房间几乎足不出户只爱看肥皂剧的丹丹工作起来竟然特别拼命。

加班加点改方案，第二天又起早去跟客户沟通。偶尔闲下来，跟大黄说："走，陪我买两套衣服去。你也买几套。"

大黄就不高兴："又要花钱？"

丹丹说："没办法，平时有商务聚餐，我不可能一直打扮得像个家庭妇女啊。"

大黄说："你买就好了，干吗还叫我去？"

丹丹说："上次我同事约吃饭，让带对象，你不来。这次你别又不来。"

大黄说："我穿那件卫衣就行了。"

丹丹说："那件卫衣起了太多球，早该扔掉了。"

大黄怒："为什么要扔掉？我觉得还好好的，又没破。你能不能不要这么浪费？"

丹丹一时语塞。沉默了几分钟，说："那你别去了。"

大黄也生气："这是在嫌弃我了？"

丹丹说："没有。我只是认为，穿得稍微好一点，对别人也是一种尊重。"

大黄没再答话，只是摔碎了一个茶杯。

那个茶杯里还有昨晚没喝掉的茶，汁水流了一地，从泡沫的接缝里渗下去，脚板踩在上面会发出打滑的声音。

丹丹说："大黄，你真有种。你再摔一个试试看？"

大黄又抓起一个茶杯，正准备往地上摔，手却停留在半空。

因为丹丹哭了。

4

日子一天一天地过去，丹丹的事业越来越风生水起。

她回小屋的时间，也越来越少。每次大黄给她打电话，她不是在和工作组讨论，就是在见客户的路上。

哪怕有时候老板看到她黑眼圈严重，眼白还有血丝，拍拍她肩膀，让她回去休息一会儿。她也宁愿选择在办公桌前趴个十来分钟，而不想回天通苑。

大黄的形象在她的眼里正逐步坍塌。以前一锅剩菜焖饭吃得开开心心，现在觉得他吝啬。以前住在没有窗也没有空调的房间好像无所谓，现在觉得不可思议。以前的相濡以沫，现在却不如相忘。她还没意识到自己内心深处的真实想法，还以为只是放不下工作而已。她挂掉一个又一个来自大黄的电话，让自己忙成一个陀螺。

直到一个月后，公司大项目告一段落，才想起回一趟小屋。

没想到的是，推开小屋的门，大黄的东西已经收拾得干干净净，不见踪影。

丹丹给大黄发短信："你在哪儿呢？"

大黄回："在大学同学家。"

丹丹问："你不回来了？"

大黄回："嗯。"

丹丹发了个微笑的表情："嗯，好的。"

接着迅速地找中介、租房，然后给搬家公司打电话，住进了新居。

她和大黄，谁也没有和谁说分手，但是彼此都知道，这段感情算是完蛋了。

5

刚开始一个人生活，丹丹还是有点不习惯的。

毕竟没有人帮着晒被子，忘记吃药也没有人提醒。晚上失眠，没有人陪着聊天，只好自己睁着眼睛看着窗外一点一点亮起来。

可是，独自生活也是自在的。再也不用顾忌谁的感受，想吃什么就去吃什么，想去哪儿玩就去哪儿玩。好像一下子挤进了一个万花筒，各种缤纷的色彩都朝自己扑了过来。

另一头，大黄却过得不是滋味。

大学同学原本是和女朋友一起住的，大黄来了，只能睡客厅。

看着同学和女友每天和和美美热热闹闹地相处，他会不由自主地开始思念丹丹。

同学知道大黄失恋了，也时常安慰他："没关系的大黄，好女孩还有很多。你多出去走走看看，多和人打交道，肯定能认识别的女孩子，不要一棵树上吊死。"

大黄用被子捂着头："可是我要去哪里走走看看才能认识妹子呀！"

同学说："酒吧、书店、咖啡馆。只要有人的地方，就有妹子。"

大黄说："那得花多少钱？"

同学苦笑："花不了多少的，大黄。"

同学女友有点听不下去，忍不住插嘴："大黄，这些天你老说人家丹丹负心，可是我看丹丹人不错，肯跟着你大半年，也没去找过别的男孩子。但是你有没有觉得对她太抠了？毕竟现在丹丹工作的地方上档次，你再怎么着，花点钱给她买些衣服买双鞋，哄她开心，也是应该的！"

大黄叹气："想当年，我和丹丹在一起的时候，我就跟她说过。我挣钱不容易，还得存点钱以后结婚用。她都表示理解……"

这下子，连大学同学都听不下去了，打断大黄："那你也不至于吝啬到那个地步啊！"

6

周末早晨，大黄老妈给大黄打电话了。

老妈说："最近过得怎么样？和丹丹还好吗？国庆节带丹丹回家来看看吧！"

大黄垂头丧气："不怎么样。我跟她现在没有住一起了。"

老妈着急地说："大黄，你岁数也不小啦。丹丹是个好女孩，你就买点东西哄哄她。别不舍得花，谈恋爱用钱是难免的啊！"

大黄闷闷地对着电话"哦"了一声，然后开始刮胡子穿衣服准备杀回天通苑，听老娘的，买点东西挽回对方。

同学很难得看到大黄主动出门，表示挺惊讶："哎哟，大黄，你居然不宅了？"

　　大黄点头："是啊，我决定再找丹丹聊聊。"

　　大黄去商场买了些小礼物，又称了几斤水果。站到小屋门口，深吸一口气，敲门。

　　没有人开。再敲，以前的邻居被惊醒了。推门出来，看到大黄，感到惊讶："大黄，你回来干吗？你不是搬走很久了吗？"

　　大黄说："我找丹丹呢。"

　　邻居揉揉眼睛："丹丹不也搬走了吗？"

　　大黄差点儿跳起来："什么时候的事？"

　　邻居说："就你搬走后一个星期。"

　　大黄说："她平时干不了力气活，搬家没我在，怎么干得了？"

　　邻居点了根烟，也给大黄拿了一根："有搬家公司啊。"

　　大黄喃喃地说："对哦，有搬家公司。"

　　手里的一袋子水果重重地砸在地上。

　　从天通苑一出来，大黄就疯了，给丹丹打电话："丹丹，你在哪儿呢？"

　　丹丹的语气很平淡："在家里收拾东西，一会儿和同事去郊外徒步。"

　　大黄说："我可以去找你吗？"

　　丹丹说："不可以。"

　　大黄说："为什么？我知道以前是我不好，让你受了很多委屈。

现在我可以改！真的！我们和好吧！"

丹丹还是很果断："不可以。"

大黄说："我们以前穷的时候，相处得那么好，那么融洽。为什么日子好过了，反而回不去了？"

丹丹说："因为我不再需要你那廉价的爱情了。"

7

无数桩爱情都死在了物质上面，所以我们从不谈论物质，好像纯粹的爱情就不应该和物质扯上关联。可是如果没有物质做后盾，爱情或许连个葬身之地都找不到。

你辛辛苦苦抠出每一分钱，说是为了娶我；但我已经在这段关系里失去了太多快乐。你觉得现在的每时每刻都必须为了未来，可我只想将当下的光阴好好地度过。

这个社会，最卑贱的并不是感情，而是一颗贫穷的心。

现实透支着青春，磨光了锐气，廉价的爱情终究成为了这世上最大的赝品。

如 意

1

我缩在沙发上看电视剧，脚边摆着小火炉，一伸手就能够到茶几上的热茶和曲奇饼。猫睡到我腿上，发出咕噜咕噜的愉悦的声音。

这是个愉快的冬日下午，如果不是电话突然响起来的话。

"喂？"

"小佳，5点出来一起吃饭。如意阿姨回来了。"

"哦……可以不去吗？"

"不可以！如意阿姨好不容易回来一次，你都不见见她？不礼貌。"

"真烦……"我挂掉电话，不情不愿地爬起来，穿鞋子准备出门。猫从我腿上跳到地板上，"喵"地叫了一声。

我实在不太喜欢如意，可是这是我妈的命令。要是不去，今天晚上就别想耳根清净。

喝一口茶，用围巾裹住脖子，把帽子拉下来盖上耳朵，钥匙揣在兜里，关门下楼。

防盗门和门框撞击发出沉闷的响。

2

如意是我妈的闺蜜，她俩从读高中时起到现在，做了足足三十多年的老朋友。

小时候，我妈和我爸都要去镇上上班，外婆和外公做纸货生意，没人带我，如意就把我接到她家去，方便照顾。

如意结婚比我妈早，老公是外婆介绍的，长得高高大大，很是帅气。如意老公在啤酒厂上班，她自己就种种田养养猪。只要老公不回来，生活就算过得平平淡淡。

我在如意家度过了好几个寒暑假。乡下有很多好玩的好看的，比如灶台里烧成火红色的柴禾，葡萄架上结出的青绿色小葡萄，猪圈里吃饱了睡、睡够了吃成天哼哼的猪仔，还有大片的野花野菜，散发出辛辣香气的烟草。

如意经济条件不好，我妈挺照顾她，经常给她拿钱用。家里有淘汰的家具，也给她打个电话，问问她是否需要。然后如意就欢天喜地地骑着个平板三轮车，拖着家具回到乡下，开开心心地安放好。我站在自家旧穿衣镜前，比比自己的个头，然后叹口气，望着窗户外热辣辣的太阳发呆。如意剁完猪草，用沾满植物汁液的清凉的手拉着我，说："我们去钓虾！"

两个人一脚深一脚浅地踩着田埂的烂泥，带着一只塑料水桶，向小河边走去。

那应该是我在如意家过得最高兴的日子。后来，如意老公厂里休假，放他回家，如意就不怎么带我玩了，老坐在床上，把自己关到蚊帐里，偷偷地哭。

我悄悄地去村头给我妈打电话："妈，我不想在如意家住了。"

我妈感到诧异："为什么？之前不是挺好的？"

我说："如意老是哭，也不带我玩儿……"

我妈第二天晚上，就从市里坐个车到乡下。跟如意见面后，两个人掩着门絮絮叨叨地说话，一说就是好几个小时。我躺在沙发上，一边不耐烦地拍打着蚊子，一边陷入迷迷糊糊的睡眠。次日清晨，我妈把我拖到厨房，叫我自己洗漱。我没有听话，偷偷跟在我妈后面，看到我妈站在堂屋里，给如意手里塞了好几百块钱。

那一年，我妈一个月的工资也就几百块钱。因为如意老公不争气，全部都贴给了她。

回市里后，我妈和我爸谁也没有心思煮饭，差我去楼下买点凉拌猪头肉和绿豆粥。我去了，走到家门边上却听到他俩争吵的声音。

我爸说："干吗给如意拿钱？"

我妈说："她老公赌博，欠了高利贷。大家都是朋友，我帮她个忙。毕竟小佳长期在她家住，吃喝什么的都要花钱呀。"

我爸气鼓鼓地："那也不用给那么多啊！"

我妈不耐烦："算了算了，以后让小佳去外婆那里帮着外公卖纸货，这样就不用花钱了。"

3

我最终没有住到外公外婆家去。

因为外公外婆的生意挺忙的，没有精力再照看我。

我又去了一次如意家，但那却是最后一次。

因为在那年冬天，我目睹了一起可怕的事件。

如意老公又一次喝得醉醺醺地回来，要跟如意拿钱。如意哭着喊着说自己没钱，却拦不住老公把家里翻了个底朝天，最后在枕头芯里找出来一本存折。

老公拿着存折在如意眼前晃，大声斥责："臭婆娘，你不是说没钱吗？！"

如意焦急地跺脚："那是给我爸妈看病的钱！"

她老公却不为所动，把存折往自己包里放。

如意扑上去抢存折，却被老公一把推倒在地。

老公指着如意的鼻子骂："你嫁给我这些年，孩子也不生，班也不上，根本挣不到钱，还有脸藏小金库？"

如意披头散发："你呢？你还不是就知道问我要钱？！我要和你离婚！"

老公一听这话，牛脾气上来，去厨房拿来一把菜刀指着如意："你再说一遍？"

如意的脸上满是泪痕，声音都颤抖："你有本事就把我杀了！来呀！反正我也不准备活了！"

老公一口烟牙咬得咯吱咯吱响，最后他没有剁了如意，剁掉了自己的小指头。

那天我记得很清楚，下着四川盆地少有的大雪。猪圈房顶白茫茫一片，好像是一层鲜美可口的奶油。我趴在房檐下玩雪，跳入眼帘的却是半截人指。艳红的血还很新鲜，蒸腾着冒出热乎乎的白气。

我吓得晕了过去。

4

这次事件之后，我妈就再也不让我去如意那儿了。她换了份比较清闲的工作，这样就能一边贴补家用，一边照顾我。

我时常想起如意来，时常问我妈："妈，如意现在怎么样啦？我感觉很久没看到她，想她。"

我妈说："乖，如意家有事，不方便去打扰她。"

那以后再见到如意，又过了小半年。

她不再种田了，而是买了一辆小三轮，一些调味品，在小区门口摆摊卖凉菜。

家里人懒，不想做饭的时候，我爸就给我十块钱，说："去，到如意那儿买凉菜去。"

我就捧着不锈钢小盆儿，去门口找如意。

如意还是那么温柔，脸上老是笑眯眯的。她每次给我打菜，都比给别人的多。

她说："小佳，有空再来我家玩儿呀！"

我紧紧地捏着不锈钢盆的边缘，一张小脸涨得通红："嗯……嗯，不行。"

如意说："为什么？"

我说："我妈说，你家情况太复杂！"

我不敢看如意的脸，如意也半晌没有答话。最后，还是如意先开口："小佳，把盆给我，我给你打菜。"

我递过盆儿，如意往里装菜。

如果没看错，如意的眼角有泪。

如意的小摊摆了快三个月，突然关张了。

有时候，我也会想念如意拌菜的味道。

我问我妈："如意怎么不摆摊了？"

我妈说："如意呀，要生小孩了。"

我说："是弟弟还是妹妹？"

我妈说："现在还说不准呢。如意要好好休息，宝宝才能健健康康，以后可以陪小佳玩啊！"

我兴奋地拍手。

5

如意是在市里养胎的，就住在离我家小区一公里外的一间平房里。

我妈带着我去看过她几次，条件比较艰苦。好在她人能干勤快，一个人也都应付得过来。

她老公下班后还是经常喝酒，喝醉了就趴在床上吐。如意每每说起这个，就情不自禁地苦笑："当初看他长得好看，就义无反顾地嫁了，谁知道……"

我妈带着歉意，给如意塞点钱："都是我妈不好，没摸清对方底细就介绍给你，害得你现在这么苦……"

如意连忙摆手，见推辞不过，就收下了："还是你家大松人不错，这些年对你也好。"

我妈有点不好意思："哪里哪里，家家有本难念的经。我脾气不好，跟大松也会吵架。"

如意说："大松，应该还是比较喜欢温柔类型的女人吧。"

如意怀孕五个月，肚子明显大了一圈。

可是她老公不争气，还是依然如故地每天抽烟喝酒搞赌博。

如意就只好挺着大肚子，跑前跑后给他收拾烂摊子。

某个深夜，我妈突然接到如意的电话："你现在能马上过来吗？"

我妈睡得迷迷糊糊："怎么了……"

如意在电话那头哭："我被老公打了，下体出血。我爬不起床，能送我去医院不？"

我妈一个激灵，立马拖上我爸，鞋都没换上就朝那间小平房跑。如意穷，不肯叫救护车，是我爸抱着她一路小跑到医院的。医疗费，也是刷的我爸的银行卡。

如意躺在病床上，脸色苍白："谢谢你，大松。要是没有你，我真的不知道该怎么办好。"

我爸有些不好意思："我老婆的朋友，就是我的朋友，你不要客气了。"

如意垂下眼帘，说："你对我可真好。"

6

如意生完孩子，和我家的来往又变得多了起来。每隔一两个礼拜，两家人就会聚一次。

我带着弟弟去楼下小花园乱跑乱跳，如意、她老公和我爸妈坐一桌，打麻将。

玩累了，玩渴了，我就拉着弟弟的小手回家找爸爸。我爸从牌桌子下掏出几块钱扔给我，叫我去买点吃的喝的。

如意笑着："大松，别把小孩子宠坏了。"

我爸说："不会的。平时也不怎么给他们吃零食，偶尔一次没关系。"

如意一边抓牌，一边说："哎呀，还是大松会管孩子。道理都是一套一套的。"

我妈坐在如意左手边，抬起头深深地看了她一眼，没说话。

很多很多年后，我已经长大成人。某次和我妈坐在院子里喝茶，我妈突然说："你知道吗？如意其实喜欢过你爸爸。"

我从鼻孔里"嗯"了一声。

我妈说："你也发现了？"

我点头："是啊，她那段时间经常给我爸发短信打电话。"

我那时候没手机，蹲厕所时老喜欢问我爸借手机玩贪吃蛇。时不时地，手机短信铃声响起。我偷偷摸摸一打开，发现是来自如意的消息。

如意总是跟我爸诉苦，说自己的生活不容易，说自己的日子不好过。我爸呢，总是淡淡地安慰她几句。如意还曾约过我爸单独见面，我爸找借口说没空，不去。我爸的态度明明白白，如意却几次三番地纠缠。后来我妈生了场病，要做手术，如意自告奋勇跟我爸说帮着一起照顾我妈。当我妈被推出重症监护室，身上插满了管子，意识模糊的时候，我爸目不转睛地看着她，心里的痛和担心完全说不出口。

如意站在一旁，看着我爸关切的表情，突然脾气变得暴躁。她狠狠地推了我爸一把："你快上去啊！你快去拉住她的手啊！你怎么不去啊！"

我爸诧异地回过头，对如意态度的转变感到惊讶。

如意沮丧地说："对不起，我不是故意的，我只是一时失态……"

然后借口去食堂打饭，出去了。

我妈说这些细节的时候，我有些气不打一处来："妈，如意都这样了，你还愿意对她好？"

我妈摸摸我的头："如意她吃了太多苦，觉得有个男的对她好，就放不下了。其实，我也理解她。反正你老爸的性格我知道，绝对不会做越轨的事情。这件事要是说破脸，叫如意怎么办？被她老公知道，还不得吵翻天？"

7

　　我爸我妈都是善良的人，不接受如意的小心思，却也细心维护着如意的面子，甚至还力所能及地去帮她，去鼓励她。

　　我妈常说："如意，想想你的儿子，生活再苦，也要坚持下来啊。"

　　如意叹气："我儿子还不一样是我老公的儿子？可是我老公从来不对儿子上点心。跟从前一样，除了问我要钱，就吐不出别的话了。"

　　在我爸身上找不到安慰，如意就去找第二个男人了。

　　第二个男人是我妈的中学同学，一个离过婚的工人。每天靠打零工生活，辛苦地拉扯着前妻留下的女儿。

　　也许是太多相似的经历，让两个人之间燃起了火花。他们开始频繁地共同出入同学聚会，经常找借口迟到早退。虽然话没有说明白，但明眼人一眼就看出，有奸情。

　　如意对那个男人很温和，就像她对我爸一样温和。她坐在男人的单车后座，幸福地搂着对方的腰。单车在马路上晃晃荡荡，驶入一片朦朦胧胧温柔乡。我妈看在眼里，急在心上。

　　我妈给如意打电话："如意，你和老孟……"

　　如意跟着了火的鞭炮似的："什么老孟？我和他清清白白坦坦荡荡！

　　我妈说："如意你别骗我了。其实大家都知道，就你老公被蒙在鼓里。你要小心点，毕竟你现在还有家庭。这样传出去，对你的名声对你孩子都不好。"

如意矢口否认："你别乱讲话，我不和你说了。我很忙，先挂了。"

如意对男人献出一腔热情，却并没有换来个好结果。那个男人，和她老公一样，开始问如意要钱。每次要钱的数量也不多，两三百块。但如意没有收入，总归觉得很吃力。

数不清多少次，男人再来向如意要钱，如意终于爆发了。

如意说："我没钱。你们要钱的话，我只好出去打工。我在这个地方，一刻钟也待不下去了。"

8

如意去了北京，遥远得与四川隔着三十六个小时车程的北京。

只有中学文化的她，没有办法在北京找到好工作。最后，去了一家家政公司，给人当保姆。

在北京生存下来的如意明显地意气风发了，她终于有了属于自己的积蓄。每个月给爸妈寄钱，拜托他们看好儿子，剩下的都存起来，说要等儿子以后读书用。

我妈还是会不时地给她打电话："如意，在那边还习惯吗？什么时候回来看看？"

如意说："习惯！主人家有钱有势，还带我出国旅游。他们说我带孩子带得好，还教孩子背古诗。这不，工资又涨了一千多块。主人说了，如果我儿子也来，就帮我儿子找个好工作。我觉得我儿子以后一定能当大官！要是以后小佳来北京，说不定还能帮到她。"

我妈说："真是恭喜你啊！不过，你有空还是回趟家吧。上周和你老公一起吃饭，你儿子也在，感觉你儿子整个人都没什么精神，恹恹的。"

如意说："等我这段时间忙完了再说吧。"

我跟如意儿子一起吃饭，和他聊天，才知道他谈了一个女朋友，是同班同学。女朋友想要什么，他都给买。如果手头钱不够，就问如意要。

我说："你妈不说你？"

他拨了下遮住眼睛的刘海："她干吗说我？她离我那么远，管得着我？"

我说："那你还要念书啊，不能光想着谈恋爱，耽搁正事了。"

他不屑一顾地说："我早就不想念书了。念书没用，我也不喜欢。"

我妈和我聊起这些，总是会幽幽地叹一口老气："带好了别人家的孩子，却耽误了自己儿子。你说，如意真的是赚到了吗？"

9

如意的钱包一天一天地鼓了起来，口气也一天比一天大了起来。

这次回四川，如意把家里的家具全都换了个新，整个人也跟着脱胎换骨，不仔细看根本就认不出她来。

她戴着仿冒的 Gucci 墨镜，拎着一只主人淘汰下来的过时 Coach 包包，穿着麂皮短裙。裙子有点紧，勾勒出她已经发福的腰线和臀部。

她热情而挑剔地跟我们打招呼，包括我爸，然后优雅地把手伸到曾有过一段地下恋情的男人面前："你欠我的那些钱，什么时候还啊？"

　　男人的脸上红一阵白一阵："如意，当时不是说，钱是给我的……"

　　如意摘下墨镜，把它"啪"的一声摔到桌子上："谁说的？欠债还钱，天经地义。"

　　如意的老公呢？坐在一旁，也不敢对如意发脾气。他拿过一支葡萄酒，用缺了小指的手握着高脚杯，给如意倒酒："急什么，如意。大家都是同学，还不上就先宽限几天，你消消气，别气到自己。"

　　如意把酒端到嘴边，状似风情万种地抿了一口，说："这酒太难喝，没品。"

　　一起吃饭的一帮人，大气都不好出。

　　我妈捅捅我的胳膊，跟我使个眼色。我立刻会意，站起来打圆场：如意阿姨，要不让服务员换一瓶？

　　如意用眼角乜斜着我："还是小佳又识趣又分好歹。下午我请你去喝咖啡！你喝过咖啡吗？很好喝，我在主人家经常喝。"

　　我笑笑说："不用了，我喝不惯。喝完咖啡心头跳，睡不着。"

　　为了给如意接风而办的一次饭局，最终不欢而散。

　　如意在绷面子，但绷得大家心里都不太舒坦。

　　有必要吗？搞得和状元风光还乡似的。现在这个年代，谁还能过得比谁差多少啊。

走在回家的路上，我妈说："如意看起来在外面挣了不少钱，你看，她老公居然都听她话了。真是破天荒头一遭。"

我爸吐槽："那又怎么样？在老朋友面前威风，在外面不还是干着伺候人的活儿吗。"

我妈说："这些年她确实苦，也确实能干。说实话，她家里全靠她，才能撑得起来。我觉得她作为一个女人，也不容易，挺伟大的。"

我忍不住插嘴："可是她儿子呢？她老公呢？她自己呢？她真的就过得那么如意吗？我看未必吧。"

沉默了半晌，我妈说："小佳，别讲了。其实你们都没说错，一个人，越是炫耀什么，说明她越是缺少什么。可是不论发生什么，都是她自己的选择，自己的生活。"

10

那天晚上，我做了一个梦。

还是小时候，我在如意家玩，和弟弟一起，掏螃蟹、捉泥鳅，忙得不亦乐乎。

如意在灶台前忙进忙出，捧出一盘盘香喷喷的菜。猪圈里，小猪在哼哼；鸡舍里，鸡鸭抢食乱成一团。这是初夏时节，空气潮湿，蜻蜓带着有水珠的翅膀飞来飞去，鼻孔里可以闻到焚烧秸秆的味道。如意的额头上布满汗珠，我走上前去，用手帕擦擦她的汗："如意阿姨，你的名字为什么这么好听？"

如意一手抱着我，一手牵着弟弟的小手，微笑着说："因为人只有一辈子，必须要过得如自己心意啊。这是个祝福，是我爸妈给的。"

我说："祝福能成真吗？"

如意用力地点头："一定能的！"

她是那么坚毅，那么温柔，那么美丽，那么真诚。

也许那才是她人生路上，独一无二的高光时刻。

雷 峰 塔

1

在很早很早的时候，我们就知道，胖宁和小喵是一对儿。

他俩从初中开始谈恋爱，谈到高中，谈到小喵大学，再到小喵大学毕业。

之所以念大学的只有小喵，是因为小喵家境不好。父母在她十岁那年车祸去世，只有奶奶含辛茹苦地拉扯她长大。

小喵奶奶在街角开了个缝纫铺，平日里帮大家钉钉扣子、补补破洞、改改裙子，赚几个钱来维持两人的生活。虽然家里亲戚朋友偶尔也会伸把手帮一下，但仅限于让祖孙俩有饭吃有衣穿有地方住。如果再多点别的开销，大概两个人只能去喝西北风了。

小喵争气，从来不问奶奶要零用钱。她拼命做题，拼命努力，只要成绩上去了，拿点奖学金总是没问题，好歹能帮奶奶贴补一下家用。

她是个好强的人，和我们这帮朋友聚会一定要 AA，从来不占别人便宜。就连跟胖宁约会，也得将 AA 制度贯彻到底。胖宁知道小喵不容易，一到约会时间就带着小喵去图书馆，然后给小喵买杯冷饮。

这就是最不花钱的约会方式了。

可是再怎么省钱，一个老人家也省不出足够小喵读完四年大学的学费和生活费来。

小喵牵着胖宁的衣角，抽抽搭搭地哭，哭成了一只小花猫。

胖宁叹口气，拍拍小喵的头："你别着急啦，我来给你想办法。"

2

胖宁想的办法简单又粗暴。

他决定放弃念大学，到佛山去打工。

毕竟胖宁的家境也不算宽裕。他爸妈算是老来得子，高中毕业那年已经退休。要让他拿着爸妈的养老金来支持小喵，换成谁都会于心不忍。

胖宁说："小喵，钱的事有着落了。我有朋友在佛山，那边的制衣厂长期缺制衣工人，我可以去打工。然后，你就能安安心心念书了。"

小喵急了："那你呢？你怎么能不读书？"

胖宁往嘴巴里塞了一根烟，用一次性塑料打火机点燃，假装潇洒地说："我读什么书。本来就不喜欢上课，现在刚好，不用考试不用写论文不用背书，遂了我心愿。"

小喵眼睛红红地看着胖宁，说："胖宁，你对我真好。"

胖宁说到做到，简单地收拾了一下行李，告别了爸妈和小喵，背着一只大包，拖着一口箱子，踏上了南下的列车。

在拥挤、肮脏的列车上，胖宁抱着自己的行李打盹儿，鼻孔处流动着混合了烟味、方便面味、白酒味和脚臭味的空气，耳旁充斥着同车旅客的打牌声、争吵声、呼噜声。

没有人注意到这个普普通通的小子。他的眼角挂着一滴泪。

在他脚边的那只大包底部，放着他的录取通知书。

虽然已经做好了休学的决定，却还是想带着那张红色的纸。为了小喵，他真的可以连梦想都不要。

3

胖宁和小喵分别在陌生的城市扎下根来。

那个年代，异地通话漫游费还没有被取消。手机资费太贵，胖宁每天都买 201 电话卡给小喵打电话。

"小喵，今天上课感觉怎么样？"

"一般般吧。我才知道大学上课要自己选的，哪怕是同班同学，一天到头碰到的次数也很有限。我感觉身边都是陌生人，好孤独。"

"没事的小喵，你还可以找我说话嘛。我在的。"

"嗯。你呢？在佛山还习惯吗？"

"还好啊。不用赶早自习，不用听老师唠叨，食堂免费，什么都挺棒的。你别担心我，你一个小姑娘在那么远的地方读书，要照顾好自己呀！"

"我知道。这边天气干燥，我每天都喝好多好多水。"

"课业重吗？"

"倒也还好。就是要写论文，没电脑很不方便。"

"嗯，明白了。小喵，我先不说了，挂了。同事约我吃夜宵呢。"

"好……"

听筒里传来"嘟嘟"的响声，小喵恋恋不舍地挂断电话。宿舍的姐妹们都出门参加社团活动了，她因为害怕花钱，只能选择宅在寝室。这一刻，她甚至羡慕起远在佛山的胖宁来，至少他还能跟同事一起去吃夜宵撸烤串，多惬意呀。

她不知道胖宁并没有去吃什么夜宵。他挂了电话，就回到加工厂惨白的灯光下，坐在机械旁边，继续着重复的流水线式的劳动。夜已经深了，工厂里没有安空调，哪怕气温比白天算是降低了不少，可工人密度大，几十台机器一起开动，那滋味确实不好受。汗水顺着头发不停地往下淌，有的还滴到了眼睛里，咸咸辣辣地痛。

胖宁的工友们陆陆续续地下工了，他们走过来拍拍胖宁的肩膀："小伙子，别太拼了。一起出去喝夜啤酒吃烧烤？"

胖宁笑着摇摇头："算了算了，我再坚持一会儿。回头回宿舍啃两块西瓜就好。"

工友们好像已经习惯了胖宁的反应："那我们先走了。你别太辛苦，出门记得上锁。"

胖宁手上的活儿一点儿也没有停下："知道知道，别废话了，赶紧去吧！"

一件衣服，提成不到一块。胖宁要做五千来件衣服，才能存够钱给小喵买一台笔记本电脑。他想象着小喵拿到电脑的喜悦神情，一双眼睛会弯成漂亮的月牙，嘴角边还有两个小小的酒窝，甜美又天真。一想到小喵，再苦再累都不算什么了。

他伸手拿过水杯，喝了两口水，又拎起毛巾随意地擦了把脸，继续战斗在加工现场。

这个时候的小喵，已经躺在宿舍窄小的床上，进入了梦乡。

4

胖宁再给小喵打电话，语音里是说不出的疲惫："小喵，电脑收到了吗？还好用吗？"

小喵的声音非常欢快："收到了，很棒！现在写论文方便多啦！"

胖宁说："嗯，那就好。"

小喵说："还有就是我申请了学校的助学金，应该快批下来了。胖宁你别再给我寄钱了，我这边够用啦。"

胖宁粗声粗气地说："那怎么行！"

他还是没日没夜加班加点地挣绩效奖金，每月发工资时，只给自己留下最基本的生活费用，然后把剩下的悉数打给小喵。

小喵说："胖宁，上次不是说过了，不用再给我寄钱了吗？"

胖宁说："要的要的。小喵，你有了助学金，生活问题不用担心。但你平时和朋友同学一起出去玩，也是要钱的啊。别当宅女哈。"

小喵不好意思："胖宁，你真好。"

胖宁嘿嘿一笑："说什么呢，我是你男朋友啊，别见外。"

小喵握着听筒的手不知怎么就出了汗。

男朋友，男朋友。在大学里读了这么长时间的书，她还从来没有向别人透露过自己有这样一个男朋友。

他不帅，不会说好听的甜言蜜语，不给她制造惊喜，一直都像一棵树那样沉默地扎根在那里。

室友在敲自己的床沿："还在跟谁打电话呢小喵？赶紧起床准备出门呀！这周末的活动你可别忘了，社长鲲鹏亲自带队！"

小喵支起半个身子说："别吵吵，这就来！"

然后小小声地对电话那头的胖宁说："我得出门了，下次再聊哦。"

胖宁说："好好好，你赶紧去忙你的。"

小喵如释重负地挂断电话，开始穿衣服。

站在镜子前，她反复打量着自己：长长的头发自然地披在肩膀上，摘掉了厚重的框架眼镜，换上了隐形；眼睛大大，鼻子翘翘，和身边那些从小在大城市里长大的姑娘相比，丝毫不逊色，甚至还多了一分纯真。又回想起隔着上千公里距离的胖宁，那个憨厚老实的男人，她若有似无地叹了口气。

5

小喵快毕业的时候，胖宁去她学校找过她一次。

小喵把他安排到离学校有三站路的小旅馆里，每天坐地铁去见他。

胖宁说："小喵，看到你这么好，我真的很开心！"

小喵尴尬地笑："你过来看我，我也很开心呀。"

胖宁在小喵读大学的城市呆了两天，就坐着三十来个小时的硬座火车回了佛山。他已经升职成为班组经理，再也不需要每天在厂房里汗流浃背地做到凌晨了。但是，工作却似乎比以前还要忙碌还要辛苦，因为得用脑，得和客户斗智斗勇。有时候，一批货到底能不能顺利出厂，完全看客户的早餐吃得好不好。早餐吃得不好，客户心情差，再好的货也能从鸡蛋里挑出骨头来。早餐吃得好，有点无伤大雅的小瑕疵，也就当没见着，直接在验货单上签字。所以一有客户来厂验货，他就必须小心翼翼地从头陪到尾。

那年小喵放寒假，胖宁也请假回家。胖宁和胖宁父母，小喵和小喵奶奶，大家坐在一张桌子上，和和气气地聊天吃饭，顺便说说两个人的婚事。胖宁一边给小喵夹菜，一边傻乐。奶奶说："小喵，胖宁这孩子实心眼，你要是嫁给他，奶奶也放心了。"

小喵讷讷地说："可是我都不知道我毕业去哪里工作呢。"

奶奶说："胖宁在哪里，你就去哪里啊。女孩子，总要跟着男孩子走的。"

小喵说："可是……"

小喵的可是没说完，就被胖宁打断了："没关系，奶奶。小喵喜欢哪里，我就去哪里陪她。让她自己选，别逼她。"

胖宁父母也是一副笑眯眯的样子："看看，这还没结婚呢，胖宁就开始护着小喵了，哈哈。不过你们年轻人，想法多，以后去哪里工作，自个儿决定就好。咱们几个老年人就不插手啦，但是婚礼一定要在家办哦！"

胖宁父母还说："老太太拉扯大小喵也不容易，小喵这姑娘，漂亮又能干，胖宁能娶到她也是胖宁的福气，陪嫁什么的，就免了吧。"

胖宁跟我们说起这事儿的时候，我们都还挺开心，觉得中学时代的那些情侣，散了一对又一对，终于能见到一对修成正果的了，实在太难得。尤其小喵，在大城市呆了好些年，却一点儿也不嫌弃胖宁是个没文化的打工仔，两个人站一块儿还是笑笑的，看着就甜蜜。大家甚至开始瞎操心，成天帮小喵和胖宁出主意：婚纱去哪里订比较好，喜糖选哪家的味道好价格不贵，订酒店要怎么砍价，婚纱照选哪家摄影工作室性价比最高……

没想到的是，还没等到小喵毕业典礼，就传来了他俩分手的消息。

就像是给一派平静的朋友圈扔下了一枚破坏力惊人的深水炸弹，炸得一片哀号。大伙儿纷纷表示，连胖宁和小喵都分手了，再也不能相信爱情了。

6

分手的消息让小喵奶奶很是伤心了一阵子。

那段时间，大家怕奶奶想不开，小喵离得又远，不方便照料，于是纷纷前往奶奶的缝纫摊找她钉个扣子啥的，顺便陪着她聊聊天。

奶奶一提到胖宁和小喵的事情，就开始抹眼泪："胖宁看着多实诚啊，以前都说好两个人结婚不要嫁妆的，怎么突然要小喵陪嫁一辆好车呢。家里哪里拿得出这笔钱啊。"

大家愕然："感觉胖宁不像是这样势利的人啊！"

奶奶掏出手帕擦着眼角："谁知道呢。唉，说实话，其实也不能怪胖宁，现在哪家嫁女儿不是给一笔嫁妆？他在外工作这么多年，挣来的钱都贴补给小喵和我，按理说要个车也是应当的，应当的……"

再后来，小喵奶奶除了缝纫店外，还开拓了另一项外快：捡塑料瓶子。一到晚上，天黑下来，做不了针线活了，她就背着一个竹篓，上电影院，上广场，上一切人多的地方转悠，捡别人不要的饮料空瓶子。一个瓶子能卖一毛到两毛，一晚上下来能挣个十来块，她都舍不得花，放在一只破旧的荷包里。荷包挂在她的裤腰带上，鼓鼓囊囊的。

小喵在念大学的那个城市留了下来，找到了不错的工作。她每个月挣来的工资，大部分寄给奶奶，奶奶也不花，都存着。

等到小喵和胖宁分手都快两年了，奶奶做了件让我们大伙儿感到震惊的事：买车。

她手头的钱不多，只够买个最便宜的几千块的二手车。拿到车钥匙，她给胖宁爸妈打电话："亲家公，亲家母，让胖宁回来吧。小喵的陪嫁我给凑上了，不是什么好车，将就用。胖宁这孩子受委屈了，以后有钱了，再换！"

胖宁父母受惊不小："小喵奶奶，这怎么受得起！"

奶奶一边哭，一边说："胖宁是好孩子，我知道。我家小喵也是好孩子，他俩在一起挺好的，挺合适的。你们再劝劝胖宁吧，我也算尽心尽力了。"

胖宁父母听完老人的话，只好掏出手机给胖宁打电话，声音带着点哽咽："胖宁啊，快回来吧，小喵奶奶给你买了辆车，说当小喵的嫁妆。你也别挑了，小喵真的是个好姑娘！"

胖宁在父母看不到的地方，也落了泪："可是我已经和她分手了。你让奶奶恨我吧，就当是我对不起小喵。"

7

胖宁死活不答应跟小喵复合，也死活不肯告诉大家他和小喵分手真正的缘由。

他只是继续拼命，继续工作，继续着每天只睡五个小时的生活。

两年后，我们收到了小喵结婚的请帖。精致可爱的卡片上，小喵的名字和鲲鹏的名字被圈在一起，形成一颗完美的桃心。翻开第二页，小喵靠着鲲鹏的肩膀，笑容灿烂到几乎炫目。那样舒心幸福的微笑，是大家从来都没有从她脸上看到过的。

小喵的奶奶嘴巴里还是念叨着胖宁。新人敬茶，她也板着个脸。她不知道胖宁也来了，开着辆豪车来的，就坐在角落里，往嘴里一杯接一杯地倒着酒。很快地，一瓶红葡萄酒就见了底。

胖宁擦擦嘴角的酒渍，招手叫来服务员，又打开了一瓶白的。

喝多了的胖宁说起话来有些不自觉地大舌头："同学们……同学们！今天是小喵的好日子，要喝高兴啊！"

我们一边点头，一边不无担忧地互相对视："胖宁这节奏，不会是想抢婚吧？"

胖宁傻笑，一把豪车钥匙摆在桌面上，映照着婚庆的灯光，一闪一闪地晃眼睛："小喵和新郎真配啊，连我都觉得是天作之合……"

我们连忙打岔："胖宁你别说别人了，你也说说自己。你可真强，我们这些同学大学出来都累得跟个狗似的，还每个月吃土。你出来这些年豪车都开上了。"

胖宁的眼睛眯成了一条缝："豪车？什么豪车……十辆豪车也换不来一个小喵啊……"

众人恨铁不成钢地用筷子敲他头："得了吧您嘞，当初要不是你非逼着人小喵奶奶拿豪车陪嫁，小喵也不能被鲲鹏拐走了。好啦好啦，胖宁你今天喝得有点醉，少说两句话成不成？"

胖宁嘟嘟囔囔了好一会儿，喝光了杯子里的最后一点酒，人一歪，倒在桌面上就睡着了，连小喵和鲲鹏来敬酒也不知道。

小喵涨红着脸看着胖宁，用手里的杯子轻轻碰了下他喃喃道："谢谢你，胖宁。"

然后挽着鲲鹏的胳膊，提着裙角给大家鞠了个躬，前往下一桌敬酒。

周围吵吵闹闹的，气氛非常活跃。大家忙着起哄，忙着灌鲲鹏酒，忙着抢新娘捧花，谁也顾不上角落里醉倒的胖宁。

我凑过去一瞧，胖宁哪里是睡着了，他的眼球在眼皮下活动，眼角处有一条亮闪闪的泪痕。

8

打死我也不肯相信这样的胖宁会辜负小喵和小喵奶奶的心意。婚宴散去，我拖着他去家里喝杯茶醒醒酒，准备从他口里撬出点什么八卦来。没想到，胖宁的嘴牢实得紧，非说是自己嫌弃小喵家条件不好，拿不出像样的陪嫁，才和对方分手的。

我摆出一副严肃的表情，重重地把茶杯放到胖宁面前："你够了啊。要真是你让小喵陪嫁豪车，你还何必花自己的钱去买？找下个女朋友再问对方要不是更便宜？别以为我傻，胖宁，我看你才是最傻的人。是小喵对不起你吧？不许说谎话。"

胖宁却突然惊慌了起来："你不要乱说话。小喵……小喵她一直都很好，是我配不上她。"

胖宁终于说出了他和小喵分手的真正原因。

那年，小喵快毕业，胖宁请了年假去看她，却发现小喵一路上的表现都非常不自在。

两个人在校园里散步，小喵和他隔着一米远的距离。拉着她去看电影，她的手心里全是冷汗。想要抱抱自己的女朋友，对方的身体却特别特别地僵硬。直到晚上回到旅店，小喵去洗手间冲凉，胖宁给她买的手机就放在枕头上。小喵的奶奶给她打电话，胖宁叫了她两声，却没有应，于是自作主张地接了电话，挂断后却看到了小喵微信界面，和鲲鹏的聊天记录。

鲲鹏在追小喵，他是当地本地人，家庭条件优渥，是研究生，长得也比自己高大帅气。

小喵不是不心动，她对鲲鹏这样说："我不能答应你，因为我必须和胖宁结婚。"

鲲鹏不依不饶："这都什么年代了，哪里来那么多父母之命、媒妁之言？"

小喵说："和父母没关系。胖宁为了我牺牲了太多，他失去了上大学的机会，他赚的钱基本都用来补贴了我和我奶奶。这恩情太深太重，我无以为报。我和他从上初中就开始在一起，哪怕现在不再喜欢对方，也始终有情义在。对不起鲲鹏，我真的不可以和你在一起。"

鲲鹏回："可是现在已经不是以身相许的年代了！欠他的钱你可以还，你没必要拿一辈子去陪着他！"

对话到此结束。小喵还在冲凉，浴室里哗啦啦的都是莲蓬头水流动的声音，他不知道小喵是不是在里面哭。

胖宁咧开嘴笑了，他颤抖着手指，替小喵回复鲲鹏："我知道了，我明白了。我决定做我自己，答应你，和你在一起。"

接着胖宁收拾好行李，改签车票。他给小喵留言，说厂里有急事，需要连夜回去处理。

就像很多年前从家乡赶往佛山一样，再从小喵念大学的地方，回到佛山。胖宁的一颗心，在夜风里被吹着吹着，吹得凉了。

9

胖宁为小喵做的最后一件事，就是问她家要嫁妆。

要得狠，豪车一辆，是小喵奶奶砸锅卖铁借遍身边所有亲戚朋友都借不来的一笔巨款。

　　然后用小喵没法儿给陪嫁这个借口，向小喵提出了分手。

　　他实在太爱小喵，爱到不要自己的梦想，也不要自己的姿态颜面。哪怕吃相在别人眼里看起来有多丑陋，都没把脏水泼到小喵身上来。

　　小喵在他心里，还是最初的那个单纯可爱的模样。笑起来，眼睛弯弯，嘴角翘翘，一边一个小酒窝，又甜蜜，又天真。她应该和鲲鹏那样优秀的男人在一起，而不是被道义两个字捆绑在自己身边，成为一个学历低、长相差劲的男人的新娘。

　　我深吸一口气，说："胖宁，你后悔吗？"

　　胖宁摇摇头："当然不后悔。想想小喵的笑，我受什么委屈都是值得的。"

　　很多很多年前的夏天，太阳总是毒辣又无情，审判一样地炙烤着大地。站在窗前，胖宁总能看到滚烫的空气从地面暗暗地翻涌而过，像一锅将开未开的汤。

　　他拉着小喵的手，在学校图书馆坐下。午后的大风吹得窗帘鼓鼓囊囊，猎猎作响。

　　小喵安静地写作业，他去给小喵打包冷饮。有时候看看小喵安静美丽的侧脸，有时候抬头看看窗外，好像满世界摇摆起伏的树叶，都被漆上了明晃晃的日光。

　　那么美好的日子，回忆起来竟然像是偷来的。

胖宁就在明晃晃的日光下，让自己剧烈地燃烧起来，直到只剩下一堆枯燥乏味的灰烬。

　　然后，用那堆灰烬，给自己的爱情修建起一座坚不可摧的雷峰塔。